我愛香港

憑優勢開啟無限可能

鄧蓓佳 著

目錄

作者序——香港憑優勢開啟無限可能

香港由獅子山下發展成為蜚聲國際的東方之珠，這是我很多朋友和大眾市民努力的成果。《我愛香港——憑優勢開啟無限可能》是香港人在過去半世紀的一個寫照、一個縮影，我們回味過去，珍惜現在，展望未來，正如《東方之珠》所云：「東方之珠熬過鍛煉，熬過苦困遍歷多少變遷。東方之珠贏過讚羨，贏過一串暗淡艱苦的挑戰。無言地幹，新績創不斷。無盡的勇氣，無窮的鬥志，永存不變。繁榮共創，刻苦永不倦。龍裔的貢獻能傳得更遠，光輝一片。迎面更有千千百年，這小海島新績再展。東方之珠誰也讚羨，猶似加上美麗璀璨的冠冕。」

一直以來，我都非常感恩能得到大家的信任，每一步，都得到國家和香港政府領導們的幫助，還有愛國愛港的家人和朋友們的大力支持，《我愛香港》的成功源自你們所有人的關愛，感恩！首先讓我向陳智思先生、黎棟國先生、邱達根先生、招彥燾博士、李捷先生、張永達先生、施永青先生、馮應謙教授、郭曉芝女士致以誠摯的感謝。作為香港行政、科技創新、演藝、文化、地產、教育界中的典範，他們在各自的領域奮鬥拚搏，勇於開拓，為香港的繁盛作出不朽貢獻。感謝他們娓娓道來香港的優勢和機遇，以及對香港深厚的感情。慶祝中華人民共和國75周年華誕，我們向祖國和香港送上誠摯的祝福，祝福祖國、祝福香港，國家興、香港榮，人民生活安穩富裕。

香港在一國兩制下，法律的基礎和營商的方式得到全世界的認同和接受，讓香港可以扮演「超級聯繫人」的角色，幫助國家和全世界談合約、談生意。大家都認同香港的法治，認同普通法的方式，香港這個「超級聯繫人」對國家至關重要。香港的每個行業都需要增值，才能成為更優秀的「超級聯繫人」，所以香港應該更深入地瞭解國家，明白了國家的需要才能為香港和國家增值。不僅要瞭解國家，也要瞭解全世界，做好「聯繫人」。

科技領域很廣闊，香港活用自身優勢發揮所長會事半功倍。香港正發展四大領域——人工智能、新能源、生命科技和金融科技，每一個領域都要找最有代表性的一兩家公司落戶香港，例如龍頭公司或發展非常有潛力的公司，展現香港在創科發展上的信心和前景。現在世界的消息很靈通，只要有一兩個重點的科研項目落戶香港，全世界都會知道，這有助吸引其他創科團隊來香港發展。

特區政府於 2023 年 10 月推出了「產學研 1+ 計劃」（RAISe+），撥款 100 億港元投資大學的科研項目，讓科研團隊有足夠的資金去完成研發，並將科研成果產業化及商品化，進入市場後找到更多的投資者。希望有一部分能發展成為「獨角獸」公司，研發出領先於全球的科研項目，把「Innovated in Hong Kong」（創新在香港）的認知帶向世界。香港需要對發展創科有長期投入的決心，因為創科需要深耕細作，很多研發都是歷經了長時間的投入才碩果纍纍，香港具備充分的條件成為國際創科中心。

文化藝術正在成為香港新的優勢領域，特區政府對此投放了很多資源，建設了眾多出類拔萃的硬件設施。西九文化區現已落成並投入使用，各界正在努力舉辦更多廣受歡迎的展覽和演出，發展香港的文化產業，吸引來自全世界的觀眾，促進香港軟實力和經濟的發展。香港電影是國際電影，香港電影贏得和征服了全世界無數觀眾對華語內容的喜歡。2024 年 3 月，阿里大文娛集團在香港與合作夥伴一起共同發佈了「港藝振興計劃」，準備在未來五年內，在劇集、電影、綜藝和人才方面總共投入 50 億港元，與大灣區的優秀製作團隊一起，做出一些好的作品，同時也會培育導演人才和藝人人才。

香港在過去這幾年遇到的挑戰，也讓香港的電影業有共同的進取性，大家特別團結，現在正是振興香港電影的好時機。香港電影過去很輝煌，未來也一定輝煌，因為香港擁有出類拔萃的人才體系、商業眼光和專業團隊。阿里影業依託香港傑出的電影人才和製作體系，與內地的市場和資金結合，帶動新一代的香港電影和電視劇走向海外，講好香港故事。

不論在香港還是內地，媒體和教育界都多有配合，產生協同效應，令院校教授能及時瞭解媒體的需求，然後按需求調整教學內容。香港和內地的媒體機構與高等院校之間相輔相成、互幫互助，幫助學生具備卓越的實戰能力，學生畢業後也進入該媒體機構工作，形成了共贏的合作關係。

十年樹木，百年樹人，香港是一座國際化的大都市，在香港發展教育事業，可以享有得天獨厚的國際化教育資源，幫助學生發展國際化的視野。同時，香港地處大灣區，背靠祖國，可以和祖國的教育成果互鑒融合。香港在語言、文化和習俗方面，都屬於傳統中華文化的分支，在香港上學的學生能夠傳承到中華文明的智慧和美德。

對於我自己來說，《我愛香港》不只是一本著作、一個節目而已。寫作和拍攝《我愛香港》更加是一份使命，我有責無旁貸的責任感，重振香港的輝煌。在寫作和拍攝的過程中，我每天都在學習，希望令港風吹遍全球，推動香港發展成中外創新科技和文化藝術的交流中心；促進香港積極融入國家發展大局，加強內地與香港在關鍵領域的合作，達到民心相通的目標；推動優秀的中華文明走向海外，拓展香港與海外在創科和文藝產業的合作。

感謝三聯書店（香港）有限公司的李毓琪女士鼓勵我用專業積累，把精英們的人生實踐轉化為一個個有趣的故事，把成就他們一生的智慧融入其中，透過他們人生的軌跡鮮活起來，與眾分享。

感謝香港青年聯會主席楊政龍先生與我同心為青年服務，豐盛我的人生歷程。感謝他建立了香港第一個青年宿舍 BeLiving Youth Hub，為香港青年創造和落實住屋；感謝他參與啟動了「百萬青年看祖國」，加快恢復港澳及內地青年交流，促進文化融合。

我也藉此機會，感謝我的祖父母、感謝我的雙親，讓我獲得走上成功路所必需的智慧。以沉著睿智和堅韌不拔的「獅子山精神」，面對人生路上的挑戰和困難，可以讓我們變得更堅強、更有智慧，未來也會因而變得更成功。我們今天的教育重視知識的傳遞，所以我在寫作時著墨於人生智慧，願這本書可以助你在開拓人生的汪洋大海中乘風破浪，擁有喜樂自在的人生，一切吉祥如意！

Chapter 1

第一章

陳智思

香港是連接全球的「超級聯繫人」

「其實香港一向以來都是一個『聯繫人』，但以前不會刻意這樣形容。香港在一國兩制下，作為國家最國際化的一個城市，不同的時間都在做一件事：如何將不同的地方連接起來。」

引言

陳智思生於一個泰國華僑家庭，在香港土生土長。陳智思的爺爺陳弼臣當年因為家鄉較窮困，沒有好的發展機會，在很年輕的時候就已經去了泰國發展，所以陳智思一家是很典型的華僑家庭。陳智思的爸爸陳有慶是上一代中唯一一個在家鄉汕頭出生的，其他弟妹都是在泰國出生。陳智思爸爸身處的年代正值打仗，所以他的弟妹全部留在泰國。陳智思爸爸早年在汕頭長大、讀書，到後來因為汕頭的情況急轉直下，就移居到香港。當時爺爺眼看泰國的政治局勢不太穩定，所以就和陳智思爸爸說：「你不要來泰國了，不如留在香港吧，這樣我們家族中也有人在泰國以外的地方。如果出了甚麼事，我們還有在香港的業務。」

陳智思的爸爸自從上世紀五十年代來到香港後，就一直沒有離開過。因此，陳智思在香港出生長大，對香港有濃厚的歸屬感，但由於他爸爸那一邊的所有親戚都在泰國，令他與泰國商界的關係也很密切。陳智思廣為人知的是他擔任了數之不盡的公職。20 多年前，縱使陳智思沒有從政經驗，而且當時仍不太懂保險界，卻在很偶然的機會下參選香港回歸之後的第一屆立法會選舉，出戰保險界別，因為他們家族生意其中一個業務是做保險。該屆選舉有四個人競逐保險界議席，陳智思以不足十票之差勝出，從而改變了他之後的人生。陳智思由立法會議員開始，逐漸擔任了很多公職，涵蓋不同界別，他不僅在商業上多有建樹，而且為香港的公共行政和社福等方面作出了卓越的貢獻。

從事公職加深了對香港這個家的感情

「公職王」陳智思坦言，他擔任的很多公職並不是自己爭取來的，經常是因為不同的原因被邀請，人家說：「來幫個忙吧」，就被邀請去擔任。在他擔任過的眾多公職中，對他改變和影響最大的是香港社會服務聯會（社聯）的工作。社聯是一個法定團體，會員全部都是提供社會服務的社會福利機構。未加入這個會之前，陳智思自謙完全不懂甚麼是「社福」，因為他原本在商界。2000年，他被邀請參與香港社會服務聯會的工作，之後不但認識了很多社工，更重要的是瞭解到很多香港的社會議題，透過社聯的會員機構，接觸到不同的社群，由老人家到青年人，看見社會上種種形式的問題，會員機構都會提供服務，盡力解決。在這個過程中，陳智思對自己的家——香港這座城市有了更深入的認識。在具備了社聯的公職經驗之後，很多扇門都向他敞開，讓他與以往不同了。之後他被邀請參與的很多公職，都需要不僅是商界翹楚，並且要懂得處理很多社會民生的議題，陳智思是不二人選。

陳智思覺得很多公職都令自己非常有滿足感，除了社聯的工作帶給他很多啟示之外，擔任古物諮詢委員會主席也令他獲益良多，因為他要處理很多重新活化歷史建築物的工作。在六年任期中，他對香港這個家更加有感情了，陳智思坦言：

陳智思擔任香港社會服務聯會主席多年。

陳智思在林鄭月娥擔任行政長官時期出任行會召集人。

如果只是去保育，保住一棟舊的建築物，並沒有太大的意義，更加重要的是每一棟建築物後面都有一個故事，是屬於香港人的故事。雖然有些香港人在香港出生和長大，但並沒有去充分瞭解自己的城市，對歷史的認識也不太重視。

發展西九文化區，挑戰與機遇並存

陳智思現在是西九文化區管理局董事局副主席，也是 M+ 博物館董事局主席，之前他還是香港故宮文化博物館董事局主席。文化這個新的板塊對香港很重要，如今整個西九文化區的發展終於可以出台了，而且是在這麼關鍵的時刻，陳智思覺得很開心。香港過去幾年發生了很多事情，包括在疫情時封關了一段時間。如今克服了疫情，香港重新對外開放，這對整個西九文化區的文化、音樂和視覺藝術的發展都非常重要。陳智思認為文化發展也和旅遊業相關，如果香港旅遊業還未全面復甦，對文化設施也會有影響，這是挑戰與機遇並存，因為西九文化區的投資成本很高，他期望好好善用西九文化區的平台，發展香港文化產業，同時為香港帶來高收益。

香港永遠都是「超級聯繫人」

陳智思認為香港一向以來都是一個「聯繫人」，但以前不會刻意這樣形容。香港在一國兩制下，作為國家最國際化的一個城市，在不

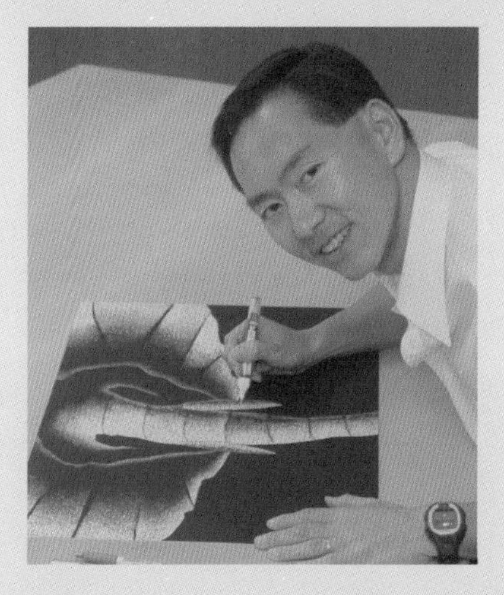

陳智思熱愛藝術，大學時期修讀藝術，閒時也會畫畫。

陳智思愛參觀不同展覽，更是西九文化區各式展覽的常客。

同的時間都在做一件事：如何將不同的地方連接起來。在不同的時期有不同的需要，在如今國際政治的角力下，香港的角色更加重要，幫助國家和全世界接軌。

陳智思指，有人認為，以前國家還未開放，香港理所當然是一個聯繫人，但現在國家開放了，大家可以直接進入內地經商，不一定要經過香港。陳智思並不同意這種看法，因為香港在一國兩制下，法律的基礎和營商的方式得到全世界的認同和接受，讓香港可以扮演「超級聯繫人」的角色，到如今依然沒有改變。國家領導人來到香港，在七一發表講話時也強調，法律基礎令香港富有競爭力，可以幫助國家和全世界談合約、談生意。大家都認同香港的法治，認同普通法的方式，香港這個「超級聯繫人」的角色對國家至關重要。

香港有很多行業仍然處於領先地位，陳智思認為香港要善用一國兩制的優勢，每個行業都需要增值，才能成為更優秀的「超級聯繫人」，所以香港應該更深入地瞭解國家，明白國家的需要才能為香港和國家增值。不僅要瞭解國家，也要瞭解全世界，因為「聯繫」這個詞就是代表要認識很多不同的地方，這樣才能夠聯繫彼此，才能做好「聯繫人」的角色。因此，陳智思覺得香港既要瞭解傳統的歐美國家，也要瞭解比較少人關注的東盟國家、東南亞國家、中東國家等。陳智思深信香港永遠都能是「超級聯繫人」，但也需要真的走出去瞭解其他地區和國家，才能勝任「超級聯繫人」的角色。

陳智思經常出席國際性的論壇和峰會，對外說好香港故事。

香港一直都是國際金融中心

香港的國際地位是世界公認的，無論是歐美、東盟、中東等的國家，以往都有在香港經商和進行貿易，各國對香港都有認識，這是香港基本的優勢。而且香港是一個金融中心，貨幣流通也是香港的優勢之一，因為投資者都希望自己的資產可以隨時進出。很多國家貨幣並不是那麼容易流通的，包括在亞洲部分地區，那不是必然的事，再加上香港法律的透明度和可靠性都被世界認可，這些都是香港最大的優勢。

世界都認識香港，知道香港做事情的方式是如何，這點很關鍵，因為無論是貿易夥伴還是投資者，最想瞭解的就是可靠性，包括知道和對方做生意時，錢是怎樣進來的、法律文件有哪些內容，這些對他們來說都是至關重要的經商基礎，只要外界對香港的制度有信心，便會選擇透過香港去做生意。

陳智思強調，金融業一定會持續是香港的優勢，只不過金融業受經濟環境影響，現在經濟回落到比較低迷的狀態，始終對金融是有影響的。但是整體來說，香港作為全球的金融中心之一，肯定還會是一個重要的角色，所以他不擔心，雖然現在經濟低迷影響到金融業，但是隨著經濟復甦，香港金融的發展也會繼續保持。

金融、創新科技和文化都會是香港的優勢領域

香港雖然一直以金融業為主，但現時也在發展產業多元化，其中創新科技是重點發展的產業之一。陳智思認為，現在有很多科研專才在香港頂尖的大學中，因地緣政治的關係，以往選擇到歐美國家發展的一些科研人才，因為覺得在歐美部分國家未必受到歡迎，會覺得回到香港發展是個好選擇，所以現時有很多科研人才在香港。

發展科研靠人才驅動，如果人才可以回流香港，香港科研的發展一定會突飛猛進，因為既能保留這些舊有人才，又能吸引來新的人才。陳智思建議香港發展科研不能只靠自己，一定要和深圳等內地城市合作，因為深圳等地有很多科研人才。香港需要深圳龐大的市場，將科研成果商業化。在科研方面，香港背靠整個大灣區，和深圳這些周邊的城市一起合作，才能更好地發展。

文化藝術正在成為香港新的優勢領域，特區政府對此投放了很多資源，建設了眾多出類拔萃的硬件設施。建設硬件只是第一步，第二步是建設軟件，即是要吸引人才，有了硬件後人才就會從全世界來香港。陳智思認為更重要的是消費群，要有人願意去買文化藝術相關的服務。在過去的十幾年，國家開放後經濟發展顯著，國家現在有約四億的中產，這四億的中產消費能力龐大，只要他們願意去聽音樂會或買視覺藝術產品，市場就會有了動力。陳智思強調，自己

堅信香港的文化藝術、創科和傳統的金融業都會蓬勃發展。

香港卓越的硬件設施能舉辦世界級的文藝和體育盛事

陳智思認為新冠疫情對香港造成的打擊沉重，而且香港在疫情過後，重新開關比周邊地區慢，香港現在正在追趕。因為經過疫情，再加上世界經濟處於週期中的低潮點，大家欠缺信心都不太願意消費，旅遊業也未回到疫情前的水平。即使香港現在已經復常，但還不是太理想，就算有消費「量」但消費額還沒有到位。他相信香港只是需要時間復甦，有信心香港終會恢復以往的繁榮。西九文化區現已落成並投入使用，各界正在努力舉辦更多廣受歡迎的展覽和演出，吸引大家來欣賞，因為硬件和軟件相輔相成：

> 我們要不斷更新，有新的產品，例如體育方面，我們要思考能否舉辦更多的盛事，吸引更多的活動來香港舉辦。過去在體育方面，香港還沒有一個世界級的場館。如今香港的啟德體育園就快建好了，具備了硬件，才有機會舉辦更大型的活動。

陳智思覺得過去可能因為香港缺乏場館，令一些世界著名的歌手未能選擇在香港開演唱會，因為一個一萬人的場館，並不足以吸引他們過來。現在香港已經有卓越的硬件設施，如果舉辦的藝術展和演出活動具有足夠的吸引性，就可以帶動遊客回來香港。香港一定要

陳智思希望有越來越多國際級的盛事在香港舉辦。

舉辦盛事，因為有盛事才能帶動遊客來港，遊客原本可能只是因為一件事來香港的，例如是想去西九文化區看一個著名的展覽，當他們來到香港以後，發現在香港有很多其他事情可以做，就會留多幾日。香港一定要舉辦一些大型活動和盛事去吸引遊客的興趣，促使他們考慮來香港，來了以後他們就會順便看一看，做一些其他事情，同時帶動香港的經濟發展。

過去香港給遊客的感覺可能是有很多好的餐廳，並且因為免稅，買東西比較便宜，但是社會在不斷發展，香港的優勢也在不停改變。現在不能單靠美食，以及購物價格優惠去吸引遊客。現在要靠香港這座城市的魅力去吸引遊客，除了保留傳統的優勢之外，也可以靠文化藝術等吸引。另一方面，香港的大自然環境也非常優美，有很多郊野公園。現時的遊客未必都是來購物的，因為去任何地方都能購物，郵寄也能買到，所以有越來越多的遊客來香港「行山」（爬山）。香港有山有水，而且郊野公園距離市區很近，約三十分鐘就能從郊野公園回到市區，這種體驗與其他城市相比，是珍貴稀有的。

香港的吸引力不在於單一的活動，而是香港的多元化、多選擇，在短時間內能有多樣的體驗。如果去紐約或者倫敦，雖然也能購物、吃美食及看展覽等，但如果要去行山，可能要坐幾個小時車，不像在香港坐半個小時車已經能去行山了，感覺還很像在郊外。因此，香港要發揮這個優勢，給不同的遊客帶來多元化的體驗。

喜愛做運動的陳智思認為，香港是行山的好地方。

陳智思認為，香港要繼續善用原本已經有的一些特別優勢。

結語

現在全世界都在搶人才，以往吸引人才最重要的是這個城市有沒有工作的機會，工作能否提供可觀的薪酬。如今，大部分人才不單只看薪酬，如果人才已經有家庭和孩子，他們考慮去哪個城市工作，最重要的是看那個城市是否適合自己的家人生活，其中的首要條件是城市是否安全；然後是孩子的教育問題，當地有沒有好的學校；還有整個城市的質素如何，文化藝術的發展水平是其中的一個方面；最後就是那份工作的薪酬是否理想，住宿條件好不好、乾不乾淨。

香港要搶人才，不僅要提供優越的工作機遇，還要提升香港這座城市整體的吸引力。香港要繼續善用原本已有的特別優勢，包括非常安全，也非常方便，在香港你能隨時去機場，坐飛機去任何一個地方。有些人才可能每星期要飛幾次不同的地方，他們會選擇在香港居住，這是香港的吸引力之一。

同時，如果香港能舉辦更多世界級的文藝和體育盛事，多元化發展金融、創新科技和文化產業，也能吸引更多人才來港發展。陳智思坦言搶人才不難，只要能讓他們覺得香港治安良好，家人在香港生活能夠獲益，他們有一份好工作，相信特區政府會繼續朝著這些方向努力，眾志成城，聚集人才建設香港。

陳智思（左）和作者（右）分享 26 年以來服務香港的心路歷程。

三讀通過《維護國家安全條例》後，香港特別行政區行政長官李家超（中）與一眾議員在立法會議事廳大合照，黎棟國將合照作為自己的一個重要珍藏。

第二章

黎棟國

國安則家安 家和萬事興

Chapter 2

「現代社會講求文明，因此不需要如古時般建起城牆，維護國家安全的理念和方法已經演變成不同的形式，現時是要建立維護國家安全的『長城』，這座『長城』是通過法律去完成。」

引言

在黎棟國幾十年的公職生涯中，他自謙是「一邊做一邊學」，至今的收穫很美滿。他剛加入入境事務處時，從基層做起，部門給予他許多機會，讓他能夠接觸到不同範疇的工作。隨著時代的變遷，各方面的要求完全不一樣了，他曾經面對過很多不同的事情發生，需要迅速處理，有時遇到很大的困難，充滿了挑戰。

每當他和同事們齊心協力解決一個又一個難題，尤其當部門所提供的服務能夠令市民受惠的時候，他心中充滿了成就感。當大家收到的市民反饋中包含了感激之情，甚至是寫信稱讚他們，那時他內心由衷地感到快樂和滿足。在漫長的公務員生涯裡，他遇到過很多挫折，但他最開心的是有一班很好的同事，大家緊緊依靠在一起，面對新的挑戰和困難，盡自己的努力解決問題。

黎棟國覺得自己做保安局局長時挑戰性最大，雖然他在入境處工作了 35 年，但入境處畢竟只是一個部門，人數最多的時候也就七千多人左右；當他當上保安局局長之後，全港的紀律部隊和輔助部隊都歸他管轄，責任範圍變廣了，處理的問題也隨之而複雜了。但他覺得自己是幸運的，因為他無論在入境處也好，在保安局也好，都與一批非常好的同事共事，大家默默耕耘，支持他的工作。同事們工作都是不計較工時的，需要工作的時候，他們馬上接手開始做，廢寢忘食，有時要在短時間內處理好非常緊急的工作，例如有颱風襲港，市民回家避風，他們則會啟動緊急協調中心，需要前線同事執行工作。在他眼中，各部門的同事都表現得非常好，他為此感到非常開心。

黎棟國認為，大家可能會覺得他作為保安局局長領導紀律部隊，盡自己的能力履行了職責，但他希望市民也能看到前線各級同事的努力付出。他期望市民覺得香港政府是非常有效率的，是「做到嘢」（能幹）的，每人只需要多走半步，做事情就會快很多，要處理的問題就可以解決，並為市民提供即時的救援，在市民急需幫助時雪中送炭，給予保護和鼓勵。

保障每一個人在香港的家

黎棟國覺得有些市民對《香港國安法》和《維護國家安全條例》存在誤解，例如擔心《香港國安法》會否限制個人的自由。眾所周知，香港的居民最著重的一點是自由，而自由一直受到《基本法》保障。黎棟國指，國家同樣需要自由、安全和穩定，只有國家安全穩定時，香港人的生活才能得到保障，法律最重要的是規定有些事情不能做，請大家不要去觸動那條線。《香港國安法》和《維護國家安全條例》開宗明義地說明，《基本法》所保障的香港市民的權利和自由，在《香港國安法》和《維護國家安全條例》中都有得到充分的保障，並會繼續遵守在香港適用的國際人權公約相關的條款。

黎棟國派「定心丸」，指出市民的自由根本不會因為《香港國安法》和《維護國家安全條例》的訂立而受損，反而由於有法律維護國家安全，保障了每一個人在香港的家，也保障了每一個人能夠在這個家裡面正常地生活，自由地發揮。黎棟國舉例指，部分市民有一些誤解，以為在新的法例裡面，他們不能批評政府，但這是絕對錯的。因為《維護國家安全條例》清楚地寫道，對於政府的施政，如果市民覺得有地方需要改善，他們可以提出意見，是完全沒有問題的。當然，大家可以提出意見，但絕對不能顛覆政府，不能分裂國家，不能實施恐怖活動。這些只要大家看一看法例，就都會明白。《香港國安法》和《維護國家安全條例》用了淺白的語言來表達清晰的罪行元素和犯罪意圖，所以市民不會在正常的生活中誤觸法律。

《香港國安法》和《維護國家安全條例》對守法的市民只有正面的影響，不會有負面的影響。當然，如果是一些別有用心、故意違反法律的人，便自當別論了。黎棟國提醒大家，除了《香港國安法》和《維護國家安全條例》之外，香港還有很多法律，市民需要遵守，就如《基本法》中所規定：香港居民有遵守香港法律的義務。環顧世界各地，每個地方都有因應自身的環境情況來制定法律，以維護當地的安全繁榮，保障當地市民的自由。黎棟國認為香港的國安法例沒有特別之處，環顧世界各國，美國有二十一條，英國最近也通過了關於維護國家安全的法律。不論各地的政治體制和法律體制是怎樣的，全球都有一個共同點，就是要維護當地的安全。

香港的國安法例是經由政府的深入研究，考慮了香港現在面對的挑戰與問題，以及市民對於維護國家安全的認識等各方面因素，然後制定出來的一個平衡方案。黎棟國指，首先看看香港市民的接受率，政府經過了大約一個月的諮詢，收到的市民回覆中絕大部分都表示了支持。

香港主要有兩部維護國家安全的法律，一部是中央替香港設立的《香港國安法》，另一部是最近通過的《維護國家安全條例》。隨著世界發展，世人對於國家安全的概念也有很大改變。在第一、二次世界大戰的時候，維護國家安全最主要的是避免外國人入侵、侵佔自己國家的領土。國土安全如今也是一個重要的範疇，但是國家安全的概念已經涉及到其他領域了。外國現在很注重一點，就是「外國影響力」，害怕其他國家的勢力會滲入，影響自己國家的政治形式，所以有些國家制定了「外國干預法」——當地任何一個組織如果和境外國家的政治組織或者政府有聯繫，且在本地進行活動，就有違法的風險。如果為外國的政治組織工作或者收了他們的資助，這種情況便是「外國代理人」，需要作申報和登記，不申報就已經構成犯法，這樣做，目的就是要在四面八方設立起「防水罩」和「防風門」。黎棟國指香港的《維護國家安全條例》中沒有這一項，和西方國家相比，沒有那麼進取。

在香港，如果警察發現某個市民違反了刑事法律，警察可以行使法律賦予他們的權利，拘捕涉嫌違法的人，並拘留 48 小時，以開展調查、詢問和收集證據的工作。在執行普通法的地方，拘留時長為 48 小時，但如果是犯了國安罪行，拘留時間可以延長更久。因為 48 小時的拘留有時是不足夠的，所以根據《維護國家安全條例》，香港在一些特別的情況下，容許警察扣留涉嫌危害國家安全的犯罪嫌疑人超過 48 小時。但是香港的規定非常嚴格，不像外國那樣，賦予警察全部的權力，警官並不能說延長就延長。如果警察想將一個涉嫌違反國家安全法律的人扣留超過 48 小時，首先要在 48 小時之內，向指定的法官提出申請，由法官決定是否容許延長拘留期。

黎棟國（左）擔任保安局局長時經常和同事落區工作。

最長，第一次可以延長拘留期七天，第二次也是七天，即總共可以拘留2+7+7=16天。從法律上來說，並不是警察申請就會獲得批准，提出申請時需要提供充分訊息，使法官有理由同意。

黎棟國指，在不少案件中，即使警方在48小時內努力調查，時間仍不足夠，如果不延長拘留時間，對於調查不利，嫌犯被釋放之後，更有機會進一步危害國家安全。在這種情況下，法官會認同只有延長拘留時間，警方才有辦法做好調查工作，因此作出延長拘留時間的決定，要經過非常嚴謹的考量。

黎棟國又提到了其他情況，例如嫌犯的拘留時間已經延長了七天，但到了第三天警察已經完成了調查工作，則延長拘留就會自動終止。拘留時間的計算也是非常嚴謹的，以一個嫌犯拘留48小時為例，警察經常遇到這種情況：嫌犯稱身體不適，警方就必須送他去醫院，在以往的法律上，嫌犯看醫生的那段時間也會被算進拘留時間，如果嫌犯要在醫院停留36小時，警察便沒有足夠時間開展調查工作了。為了避免這個情況，在新的條例中，由警察送嫌犯去醫院，到他看完醫生拿完藥，再送回警局為止的時間，不算在48小時拘留期內。此外，如果嫌犯在拘留期間向警方提供資料，警員就會即時將嫌犯所說的內容記下，再讓嫌犯簽名作實。如果嫌犯用兩小時完成這個過程，這兩小時也會計算在拘留時間內。

綜觀上述的例子，可見法例對拘留制度的設計是十分謹慎的，既要給警方更多的權力以有效執行職責，同時也要保障被捕人士的權利，一旦延長拘留就必須向法官申請。此外，當法官處理延長拘留的申請時，被捕人士可以聘請律師，如果來不及的話，法庭可以下令暫時休庭，等他找到了律師再開庭。這些細節都寫進了法律中，好處是非常透明，讓所有人清晰地知道法律程序是公平公正的。這一點很重要，不是被捕人士涉嫌違反國安法例就可以無止境扣留，扣留程序很清楚明瞭，而且受到規管，因此黎棟國認為今次《維護國家安全條例》的制定非常細緻入微。黎棟國回憶道，立法會的法案委員會審議《維護國家安全條例》時，用了 49 個小時，審議 180 多條條例，提出了超過 90 項的修訂：

> 你可以單從這幾個簡單的數字，就看到不論是特區政府的保安局，還是立法會方面，大家都是非常謹慎和仔細地去制定及審議這個法例。

大家的目標只有一個，就是制定好《維護國家安全條例》，因為維護國家安全對每一個中國人都至關重要，對在香港居住的非中國籍居民也很有益，保障社會安定是最關鍵的任務。法律的制定就是大家都要遵守，不僅市民要遵守，政府和執法者也要遵守，大家一定要在法規下辦事，這樣有規有矩，大家都覺得舒服。黎棟國認為，香港的國家安全法例制定得恰如其分，因為如果執法機構的權利過

黎棟國（右）不時向公眾解說《香港國安法》及《維護國家安全條例》。

警方調查國安案件時同樣受法例約束。

大，市民會認為這是有問題的；但如果執法機構的權力不足，不能夠完成執法工作，受害的還是市民。因此在制定法例的過程中，參與其中的人都盡心盡力審視條文，不斷改進完善。

立國安法例如建現代「長城」

黎棟國指，如今《維護國家安全條例》已經生效，往後還有很多宣傳工作需要做，因此他們的工作是持續的，要讓全體香港市民真切地認識到《維護國家安全條例》的作用，以及為香港帶來的好處。在往後的宣傳工作中，政府、立法會和社團領袖都需要同心協力，努力築牢維護國家安全的「長城」。

任何一個城市要發展，社會一定要和諧而且公共秩序穩固，市民的人身安全得到保障，財產也受到保護，這樣市民才能專注發展事業。對做生意的人來說，考慮是否投資的首要因素，也是看社會是否穩定，是否有發展的機會。黎棟國笑言，維護國家安全就好比中國最偉大的建築之一——萬里長城：

> 大家都知道中國古時為了防止匈奴入侵而建造了萬里長城，其實起城牆的概念不止中國人獨有。你看西方國家，每個都有，例如德國有天鵝堡，英國有很多的地標都是堡壘。世界上每一個民族都要保護自己，保護自己就要在周圍築起城牆，防止外

國人入侵。

現代社會講求文明，因此不需要如古時般建起城牆，維護國家安全的理念和方法已演變成不同的形式，現時是要建立維護國家安全的「長城」，這座「長城」是通過法律去完成。法律本身就是一個制度，如果有人違反制度，就會受到法庭的審判，並承擔後果。維護國家安全就是保障這個地方的安全，讓市民能夠享受法律保障的自由，安居樂業，用各種方法增加生產力，改善生活環境，推動人類社會發展。

參與審議《維護國家安全條例》無上光榮

對於自己參與了審議《維護國家安全條例》，黎棟國自謙，稱自己只是立法會法律委員會中的「十五分之一」而已，他覺得最辛苦的是保安局和律政司的同事。尤其在連續七天的馬拉松會議中，十五位法律委員會的委員不間斷地提問，保安局和律政司的同事則需要不停地回答。對於委員提出的建議，保安局和律政司當晚就要加班跟進，然後第二天開會的時候再給予答覆，所以他們都勞苦功高。

黎棟國坦言，因為時間緊迫，他在法案審議的過程中感受到壓力和挑戰。《維護國家安全條例》的條文相當豐富，會議前需要認真準備，預先瞭解每一條條文，仔細看有哪些需要提出問題和完善。立法會法律委員會中的十五位同事在條例還未正式提交立法會之前，早在諮詢階段已經熟讀了文件，每一個人都覺得參與審議《維護國家安全條例》很重要，也是光榮的使命，即使休息時間少一點，也竭盡全力研究條例草案，希望最終能制定出完善的條例。黎棟國笑言，因為條例草案是印刷在藍色的紙上，他們經過七天的審議之後，同事之間都開玩笑稱「滿腦海都是藍色」，甚至連躺在床上發夢也見到藍色。如今條例已經通過並實施，看到整體社會的反應非常正面，黎棟國覺得這對於他來說，是最好的鼓舞。

當《維護國家安全條例》三讀通過時，黎棟國非常興奮，終於完成了這個重要的工作和憲制責任。條例三讀通過時，有很多大家意想不到的事情發生，第一個驚喜是當立法會主席梁君彥宣佈投票結果時，原本以為最多是 88 票贊成，誰知道是 89 票，因為一般情況下立法會主席是不投票的，這次卻史無前例地投了票。第二個驚喜是根據會議議程，三讀通過法例後便沒其他事項了，但立法會主席說行政長官李家超很快就來到立法會，和大家講話，在場所有的議員都喜出望外，因為這兩個驚喜非常有意義。

立法會主席梁君彥在《維護國家安全條例》三讀通過後對傳媒說，覺得這是一個歷史性的時刻，如果他投上自己那一票會更加完美。行政長官李家超也在這歷史性的時刻向立法會、全體市民，以及世界各地關心這件事的人，做一個總結的發言，也為整個立法的過程

黎棟國成為立法會議員後，持續在國安等不同領域作出貢獻。

黎棟國在立法會認真審議《維護國家安全條例》。

畫上了一個圓滿的句號。李家超發表講話後，大家在立法會議事廳拍了一張大合照，黎棟國將合照作為自己的一個重要珍藏。

香港給年輕人提供蓬勃發展的機遇

2019年香港發生了「黑暴」，社會秩序大亂。《香港國安法》和《維護國家安全條例》先後實施，香港的安全繁榮獲得了保障，是大家收拾心情再出發的時候。此刻香港需要拚經濟、改善民生，而年輕人作為社會未來的棟樑和主人翁，肩負重振香港的重任，也擁有蓬勃發展的機遇，只要香港的年輕人肯打拚和學習，前途一定無可限量。

黎棟國認為，國家改革開放的時間並不算很長，但已經發生了翻天覆地的變化，從以往經濟落後變成現在世界第二大經濟體，國家的GDP（國內生產總值）「翻了又翻」。現在世界各國都想與中國做生意，因為中國有龐大的市場，同時是世界工廠，有最完備的產業鏈，提供很多價廉物美的產品。大灣區將會發展成為世界上最富強、最有活力的灣區，香港作為大灣區的一分子，擁有無限的機遇。鼓勵年輕人去發掘並創出自己的天地，各展所長，只要努力去學習，專研新的知識，就可以大展拳腳。特區政府已經就香港重要產業的發展方向提出明確路線，剩下的就要靠大家努力去實現，國家改革開放幾十年取得令世界矚目的成就，就是一個最好的典範。

香港具有國際金融中心的地位，是全國唯一一個執行普通法制度的地方，執行得很順利。香港有龐大的投資市場，可以和內地企業攜手合作，帶來新機遇。黎棟國寄語年輕人，有志者事竟成，路是人走出來的，機會滿佈在面前，關鍵在於如何努力付出，把握機遇。如今社會環境越來越穩定，是一個非常好的時機讓年輕人一展所長，只要大家一條心，香港一定能夠不負國家的期望，長期維持繁榮和穩定。

黎棟國時常到內地城市交流視察。

結語

國安則家安，家和萬事興。黎棟國認為香港已經從「由亂到治」，進入到「由治及興」的階段，很需要各方的專才來香港一同發展，香港現時有一個安全穩定的環境，可以讓外地來的專才發揮所長。一方面要讓外地專才能夠為香港的經濟作出貢獻，另一方面也要讓他們享受到於香港發展所帶來的成果，營造一個雙贏的局面。特區政府推出了各種新的計劃，吸引了不少高才來香港，往後要更加努力地伸開雙手歡迎他們，一起打造一個更美好的家園，讓他們融入香港的社會，成為建設香港的中堅力量。當專才在香港能夠安居樂業，他們自然就能為香港帶來更多的活力和更蓬勃的經濟發展。

香港長期以來都是一個國際化的城市，來自世界各地的人都能夠相對容易地融入香港的社會。香港也是一個信息自由流通的城市，並且具有完善穩固的普通法制度，可以為國家提供各類服務，正如特區政府經常提到：香港能夠做「超級聯繫人」，順應國家的發展，起到橋樑的作用。很多外國人想進入內地市場，但是由於種種客觀環境，以及大家的習慣不同，他們往往希望有個中介的地方協助，香港正好能發揮這個作用。香港人多擅長兩文三語，加上普通法的制度，這些優勢都能令香港持續發展下去，並為國家在進一步的開放中作出重要的貢獻。

黎棟國（左）和作者（右）互相交流寫書的心得。

邱達根（左）在香港第七屆立法會宣誓儀式上。

Chapter 3

第三章

邱達根

推動香港科技創新貢獻國家

「香港社會充滿活力，既多元化又不斷蛻變演進；香港人充滿創意，既靈活應變又敢於面對挑戰。香港是一個可以包容無限可能的載體，由獅子山下到東方之珠，現在銳意成為國際創科中心，我相信只要我們有長期投入的信心，香港的未來發展絕對會再創高峰！」

引言

邱達根在一個愛國愛港的家庭中成長，他的父親邱德根先生在香港娛樂界、金融界、地產界都有事業，被譽為「亞視之父」。邱德根除了經營生意之外，也盡己所能為社會服務。邱達根憶述，父親最早的業務是開電影院，因為他覺得為市民帶來娛樂是很重要的。他也經營了很多其他業務並取得佳績，這些業務不僅是他的個人興趣，同時也對社會有貢獻，例如他看見當時新界有很多人把現金存放在家裡，一生的儲蓄被火災燒掉，因此他希望開辦銀行，令大家的資產得到更好的保障。

邱德根後來收購了荔園，作為他娛樂事業的延伸，他對娛樂和文化的推廣，對港人的影響深遠。父親從事文娛行業令邱達根感受很深，作為家庭的一員，他覺得家族從事娛樂行業對國家文化的保存非常重要。當年邱德根收購了亞洲電視後，認為除了面向香港觀眾之外，也應服務其他地區的市場，所以將電視台取名為「亞洲電視」。亞洲電視拍的劇集，邱德根都積極參與並給予指導意見。邱達根認為爸爸一直有愛國情懷，想的不純粹是賺錢，更多的是對國家文化的熱愛和保育。

由邱德根管理的時代，亞洲電視開創了很多香港電視業的先河，其中香港歷史上第一部被引進至內地的電視劇集，正是由亞洲電視拍的《大俠霍元甲》；香港電視台第一部全部在內地拍攝的劇集則是亞洲電視的《秦始皇》，當時整個劇組去西安拍攝了幾個月。邱德根致力將中國文化元素灌輸到劇集中，因此當時製作了一系列有關中國歷史的劇集，例如《武則天》、《秦始皇》等。邱達根指自從《大俠霍元甲》被引進至內地以後，很多香港劇集可以進入內地市場，令當時香港的主流文化對內地產生很大的影響。

香港「宋城」開創了遊樂場業的先河

邱達根回憶道，以前荔園旁邊有兩家劇院，是當年九龍區最高水平的劇院，邱德根經常邀請一些內地的文化團體來香港表演，發揚和保育中華的文化，尤其是昆劇。荔園內的「宋城」是歷史上第一個以中國歷史作為背景的遊樂場，令很多外國遊客可以在這裡瞭解中國的歷史，同時裡面包含馬戲、表演、武術、跳舞等各種中國文化的元素。雖然宋城的地方不大，但卻是中國歷史和文化的一個重要承載。現在內地也有很多以歷史作為背景的遊樂場，遊客可穿著古裝，參與不同的歷史文化表演或活動，與當年的宋城很相似。香港早期有一些古裝電影在宋城取景，1970 年代後期至 1980 年代初吸引了很多外國遊客，感受中國的文化。當時宋城是香港必去的景點，宋城緊鄰荔園，當中 99.9% 的遊客都是外國人，而荔園則是 99.9% 的遊客都是香港人。這兩個遊樂場，分別給香港人及外國遊客帶來了快樂。

自從宋城開業後，在中國改革開放之後建立的早期遊樂場，例如深圳的錦繡中華和世界之窗，曾請教過邱德根的意見，因為國家也認為香港這樣的遊樂設施做得很好。由於宋城的成功，邱德根去新加坡建了一個以唐代歷史為背景的「唐城」，可惜未如宋城成功，因為新加坡華人對中國文化的興趣並不濃厚。雖然後來隨著時代演變，荔園退出歷史舞臺，改建成為地產項目，但因為開辦過宋城及

邱德根（前排左六）與多位亞視高層和藝員出席 1986 年的亞洲電視盃。

邱達根兒時經常跟隨父親邱德根到荔園巡視，留下不少難忘的回憶。

唐城，邱德根對中國文化有情意結，夢想在美國建造《紅樓夢》中的大觀園，讓美國人瞭解中國的文化歷史。邱達根近期在找一些宋城的老員工，希望在今年父親的 100 周年誕辰上舉辦表演，紀念邱德根的成就及緬懷父親。

邱德根一生盡己所能利益香港和國家

邱達根笑言，外界對爸爸的其中一個印象可能是他「過分節儉」，邱達根覺得爸爸的確是很節儉的人，但這也是他成功的一點，邱德根不僅在企業管理中，在自己生活中也較為節儉，一套衣服可以穿 40 年，這是他的習慣。但是邱德根為社會服務時，卻從來不省錢，例如在建醫院、建學校時，就要建最好的，用最頂級的設施，在學校建大游泳池和禮堂，當時其他學校都不能媲美。他建仁濟醫院時也是不惜工本，在慈善公益上不遺餘力。

邱德根每次去內地開會，包括全國政協會議等，都會帶著最小的孩子邱達根同行，因此他從小就感受到爸爸真誠的愛國情懷。邱德根一直希望自己能幫到香港，有甚麼就做甚麼，例如開銀行，正是因為當時發生了一場大火，令很多人損失慘重而開辦的，同時他也希望帶給新界的居民更多娛樂，所以便開辦了新界第一家電影院，這令他很自豪。

邱達根（右）大學畢業時與父親邱德根（左）合照。

邱德根當年看見新界市民看病路程很遠，很辛苦，因此成立了仁濟醫院。那時政府並沒有很多資金資助，仁濟醫院大部分的興建資金都由他自己與上海的一班朋友籌集。邱達根聽哥哥說，荔園賺的錢就是拿去建立仁濟醫院。另外，當時新界也沒有學校，邱德根不忍小朋友跨區讀書，所以也捐建了幾間學校，其中的裘錦秋書院就是邱德根為紀念去世的太太而建立的。

邱達根在香港成長，爸爸是商人，喜歡經營也喜歡創新，也擔任了很多社會公職。家中八個兄弟姐妹都受爸爸的影響往商界發展，邱達根也一樣，中學畢業後去了美國讀書，修讀的也是工商管理，那個時候決定在商界發展，1996 年畢業後回港，在家族企業學習管理工作。因為是上市公司，業務範圍很廣，但當時的娛樂行業正在經歷低潮，公司在娛樂方面的業績不太好，雖然那時不容易經營，但邱達根學到了很多經驗。

青出於藍而勝於藍

1999 年吹起了科技熱潮，邱達根當時去內地研究過，感覺要發展的話肯定是在祖國好，因為國家發展得很好，雖然他的家族有很多業務在香港及東南亞，但他還是堅持要到內地發展，所以他去了北京一段時間，尋找好的發展機會。1999 年，他決定自己選一些科技項目去投資，在香港及內地投資了兩三個項目，正好趕上了內地

1963 年 12 月 20 日仁濟醫院舉行奠基典禮，由邱德根擔任第一屆主席。

邱達根（後排）與父親邱德根（前排左一）和母親邱裘錦蘭（前排右一）及友人合照。

科技發展的「春風」，從經商中做到了內地與香港的結合，他把香港的管理、香港的資金、香港的風險管控等引入了內地的企業，因而讓企業更好地發展。邱達根現在回想當時自己選擇做科技投資，第一是因為看見國家的發展，第二是因為當年有科技熱潮，第三可能是因為自己年輕，想嘗試做家族沒有做過的生意：

> 基本上所有生意爸爸都參與過，唯一例外的就是科技，所以當時覺得要做一些大家都沒做過的事情。我覺得自己能打破局限，可能也是受爸爸創新的經營理念所影響，因為多年來爸爸做過不同的行業，其實都是在「創新」。他因為熱愛創新，遊樂場做得比別人都好，做亞洲電視的過程中，他也不停在創新。當年公司做的其他行業都在虧損，我用科技業投資的盈利去補貼，成功把公司的業績救回來，但公司仍存在一些舊式管理問題。

浴火重生後事業昇華

2009 年，邱達根遇上了一場官司，被指控公司管理有問題，違規將一筆款項轉帳到他爸爸的戶口。他坦言那是一場很大的打擊，雖然他最終贏了官司，但這件事對他產生了很大的影響。他當時覺得，自己對家族的貢獻及參與也應該到此一步了，於是決心創業，建立屬於自己的業務。

邱達根創業的第一步是思考自己的專長在哪裡，他發現多年來，自己擅長在科技領域中做投資，而且業內也積累了一些經驗，熟知國際的市場發展情況。邱達根認為創業的第二步，是要有一個專業的基金來營運。那個時候，香港大多是個人投資者，有自己的喜好，但世界正興起一個趨勢，就是要有專業的基金及團隊，進行資金管理以做出更好的投資，並且能募集市場上的資金，並不只是單純靠個人的想法和喜好。

邱達根那時在香港市場上一直推動基金管理，希望香港有更多專業的團隊，他自己也在 2014 年時成立基金，推動香港基金的專業化發展，並投資了高新科技，希望把更多科技引進香港。2015 年時，他在因緣際會下創立了荔園有限公司，原本是希望做一些短期的嘉年華項目，結果一做就做了近十年。很不幸，同年邱德根逝世，這讓他覺得是一種緣分，要把爸爸創立的品牌之一延續下去，而且那個時候沒有人做荔園，因此他希望把這個品牌一直延續下去，將「簡單的快樂」精神繼續帶給大家，同時推動文化娛樂和科技這兩個領域的發展。

全心全意服務立法會

2019 年的「黑暴」是邱達根的另一個轉捩點，他指幸好之後香港制度上出現改變，有了完善的選舉制度及「愛國者治港」，這個轉變令他很開心，而且那時候也碰上機遇，決定參與立法會。成為立法會議員對邱達根來說是另一個很大的改變，2019 年的黑暴令他感覺自己要多參與社會事務，並想去推動科技的發展，因此成為立法會科技創新界的議員是一個很好的機會，讓他能夠為科技界作出貢獻。成為立法會議員後，雖然工作量很大，但他覺得不能辜負了這個職位，所以他放棄了自己的生意，現在全力為立法會工作，這兩年來沒有時間打理自己的品牌，只能把它們都交由自己的團隊經營。

邱達根坦言，在做家族生意時沒想過自己會創業，在 2019 年前也沒想過自己會參與政治，甚至成為立法會議員，但不管工作崗位如何轉變，都要發揮自己的專長，做好自己。因此，他當上立法會議員之後，也是 100% 投入這個工作，不管是在立法、推動與內地的科技合作、招商引資、解決香港的社會議題等方面，他都盡心盡力去做。邱達根認為作為立法會議員，很多人會認為是「Honorable」（尊敬的），他認為這個形容詞不是別人給你的，是要自己真真正正獲得外界的尊敬時才配得上，因此事無大小都一定要做到最好。

要處理不同的工作，邱達根認為最「老土」的方法就是像他爸爸那樣，很勤奮地做，勤力到就算一日有 48 小時都好像不夠用。他覺得自己經歷過家族的高潮和低潮，這是很好的經驗，令他不會怕失敗，失敗了也能從中學習，並且繼續去嘗試。邱達根希望自身的經

2015 年，荔園以短期遊樂場的形式於中環海濱活動空間營運了 70 天，令邱達根感受到荔園與香港人的那份情。

歷能為年輕一代帶來啟發，首先必須勤奮，而且不要怕失敗、不要怕嘗試，即便失敗也能從中學習到很多。如果年輕一代想創業的話更應該如此，因為創業不一定會成功，但若覺得自己會失敗就放棄，那才是真正的失敗。因此，他建議年輕人不要怕嘗試，要不停學習，同時做到工作勤奮、為人誠實。

始終認為香港是最好的地方

邱達根坦言，自己從沒想過去其他城市，一直認為香港是最好的地方。他年輕時在美國讀過幾年書，之後也去過內地很多城市，包括在北京也待過很長的時間。他雖然很喜歡北京的文化及生活，但卻不會選擇移居到北京，因為他希望一直在香港生活，為自己土生土長的城市服務，把香港建設得更好。邱達根對香港非常有信心，認為香港依然是一個很好的地方，即便近年世界經濟遇上低潮，香港只需時間就會恢復，他有信心香港會繼續是最有魅力的城市。

邱達根認為香港的科技業擁有龐大的機遇，但也伴隨著很多挑戰，首先是立法方面的時間較長。以往立法會充滿紛爭，很難審議法例，例如去年通過的版權條例，立法會由 2009 年討論到 2023 年，14 年才立了一個法。另外，邱達根覺得香港的科技人才不足，雖然現在特區政府推出政策從全球搶人才，但也要讓更多外國資金流入香港，吸引更多海外的企業和團隊過來香港發展才行。他以美國矽谷為例，那裡 90% 都不是美國人，矽谷的厲害之處是有能力吸引全世界頂尖的人才去那裡創業，他認為香港也能做到這一點。香港現在剛起步，需要思考如何能令世界頂尖的人才，在創業時首先想起要來香港，要令他們知道香港有好的政策、能夠找到資金、有很好的團隊支持。邱達根指這些都要去實踐和鋪墊，香港已經非常努力在推動，他認為幾年的時間就能打造起來，他對科技發展的機遇充滿信心，而且他自己也投身其中，希望能推動香港創科發展。

以政策和資金支持研發上游技術

人工智能、區塊鏈、第三代互聯網、數字資產、生命科技等都是現時新興的科技範疇，邱達根認為，科技產業在萌芽階段需要有法律的支持，而法律是去懲罰發展還是鼓勵發展，這一點至關重要。政府在政策措施上需要鼓勵科研，而且要做得更開放，包括資金上的開放。如果高等院校或者學者想從政府獲得資助進行科研時有很多限制，而且科研成果產業化之後的收益都歸公有的話，或會令有意投身創科的人卻步。政策上應該要確保科研人士的權益，他們才會努力推動創新，才會有更大的動力將科研成果產業化甚至開公司。香港發展創科要有方向性，因為科技領域很廣闊，香港不是所有範疇都能做的，香港要清楚自身的優勢，例如可以集中發展生命科技、人工智能和大數據，可以在這些領域多給予一些傾斜措施，包括資金和政策上的支持。

邱達根（中）於 2022 年就任立法會科技創新界議員。

邱達根經常參加不同的科創論壇及研究會，分享本港科創策略及方向，推動本港科研發展。

除了政府的政策外，思維也很重要。首先要有更多成功的例子，邱達根希望香港有更多成功的代表、成功的企業、成功的團隊甚至科技界的明星，讓大家感覺在香港發展科技是能夠取得成功的。香港的大學需要鼓勵學生去做更多發明，不只是應用的層面，而且要往上游技術發展。邱達根認為上游技術的創新很重要，香港有很多團隊研發的產品都很好，但以往香港缺乏創科的土壤，這些團隊可能去了美國或者內地發展，例如「光纖之父」高錕在美國發明光纖。科研發展不能以時間去量度，不應局限於投資了幾年就要出結果，創科需要深耕細作，很多研發都是歷經了長時間的投入才結出了成果。因此，邱達根認為香港需要改變以往的觀念，對發展創科要有長期投入的決心，希望香港一步一步地去做，慢慢建立起這種思維。

邱達根覺得資金對科研發展同樣重要，香港現在仍然缺乏長期投資，所以他一直在推動專業基金去投資創科，讓好的科研項目能蓬勃發展。在這方面邱達根認為能向美國取經，因為所有由美國政府管理的基金，裡面都有一定比例是放進風險投資中，這些風險投資很多都有關科研項目，基金願意投資八至十年，長期投資推動了創新項目發展，例如波士頓很多本地的醫療研發項目正是靠長期投資而取得成功的。邱達根指，現時香港缺乏投資基金去推動創科生態，在風險投資中為創科企業集資不容易，而且基金數量也不夠。充足的資金能吸引創科團隊來港，如果香港有足夠的基金投資創科，世界各地的科研團隊就自然會來到香港落地生根，發展出新技術。

現在世界的消息很靈通，只要有一兩個重點的科研項目落戶香港，例如有最頂尖的量子學科學家來港進行研發，全世界都會知道，這有助吸引其他創科團隊來香港發展。香港正發展四大領域——人工智能、新能源、生命科技和金融科技，每一個領域都要找最有代表性的一兩家公司落戶香港，例如龍頭公司或非常有發展潛力的公司，展現香港在創科發展上的決心，以及對未來規劃的信心。

邱達根提到，可能有不少人覺得香港以前的科技很厲害，但這些其實都是在科技應用的層面，而並非在科技研發上：

> 因為香港有錢，因此對科技的應用是很快的，手機都用最新的，政府也買最新的系統，但問題是這些都不是 Made in Hong Kong（由香港製造），只是 Used in Hong Kong（在香港使用），這是過去最大的問題。

現時香港要把過去的所有都忘記，從零開始，要做上游技術、做產品、做研發、做發明，創科是需要長時間的投放及堅持。因此，政府的堅持很重要，必須一直做下去，在香港深耕，香港的創科發展具備充分的成功條件。

香港金融科技及生命科技能貢獻國家

希望香港能做到金融與創科並行，因為這兩個範疇是未來每一個城市都會去比拚的，而且對國家的發展來說，這兩個領域至關重要。邱達根認為，中國要發展到世界領先，並不是靠 GDP（國內生產總值），而是取決於有沒有一個出色的金融系統，以及有沒有領先世界的科技，這兩方面是每一個領先國家必須具備的。香港在金融及創科上，對國家一定有貢獻，其中香港的金融業從過去到現在都扮演著重要角色。香港仍需要時間發展創科，未來也會在國家發展中起到重要的作用。國家現時在很多方面都已經做得很優秀，包括機械部件、智能裝備、武器、航天科技等都處於領先地位，香港可以在其他很多領域補足國家所需，例如金融科技的發展，因為香港的金融科技一直很有優勢。香港在生命科技領域中的技術，獲得了內地和海外企業的認可，香港有很多醫療相關的團隊非常領先，並發表了很多國際性的論文。大家也認可香港的醫療體系，在這方面可以幫助到國家。另外，香港在醫療方面和很多國家都有互認協議，能幫助內地研發的藥物通往國際市場。

特區政府於 2023 年 10 月推出了「產學研 1+ 計劃」（RAISe+），邱達根很高興能擔任該計劃督導委員會的主席，他指政府透過 RAISe+ 撥款 100 億港元，投資大學研發的項目，幫助科研團隊成立公司，並將科研成果產業化及商品化。科研團隊剛開始找資金

邱達根參觀香港科技大學機械及航空航天工程學系的實驗室，瞭解學生們的科研成果。

2024 年，邱達根作為「產學研 1+ 計劃」督導委員會主席在簽署儀式上發言。

時很困難，很少人願意投資他們，而 RAISe+ 提供前期的資金給香港八所資助大學，以及有潛力成為成功初創企業的研發團隊，獲批項目的知識產權收益主要由大學的科研團隊擁有。邱達根認為，RAISe+ 是個非常好的計劃，希望未來幾年能推動更多領域的大學科研項目，令他們有足夠的資金去完成研發或者產品化的開發，進入市場後找到更多投資者。邱達根希望當中有一部分能成為「獨角獸」公司，研發出領先於全球的科研項目，假以時日，把「Innovated in Hong Kong」（創新在香港）的認知帶向世界。

結語

發展創科最重要的是人才，能否取得成功都是靠「人」，需要有最頂尖的人才願意來香港。香港已經有傑出的拉力，在吸納專業人才方面，過去兩年也有不錯的成果。香港是很多創科人才的首選落腳地，因為香港有很多天然的優勢，令各地人才對香港充滿信心。除了有健全的法制外，在香港進行融資也很容易，雖然早期集資基金比較缺乏，但可以在香港補全，發展到後期也不會缺乏資金，這有利於香港吸引全球人才落戶，而且人才是會流動的，即使一些人短暫離開，未來也有可能再回到香港。

邱達根（左）和作者（右）分享香港特區政府在政策和資金上支持科研成果產業化及商品化，同時吸引頂尖的科研人才，推動香港成為國際創科中心。

香港疫情期間，招彥燾和團隊被喻為「新冠救火隊」，他在本港研發和製造的新冠快測試劑盒幫助了全球 30 多個國家對抗疫情。

Chapter 4

第四章

招彥燾

將自己的創新技術帶回出生的地方

「這是因為在香港這個地方的關係，令我們在短時間內，將我們的產品由研發到生產，甚至成為整個大中華地區第一個獲得美國FDA（食品藥物管理局）認證，可以輸出30多個國家，幫助不同地方的政府防疫、抗疫。」

引言

招彥燾小時候家中有濃厚的文化氛圍，父母是教育家，教授中文、中國文學和中國歷史。他自小在家庭中接受中國歷史和文學文化的教育，三歲時已經能夠背誦詩詞和駢文，包括整篇長達 639 字的《哀江南賦序》。家人的言傳身教培養了他的愛國情懷，以及回饋社會的心志。小時候的招彥燾雖然對科學很感興趣，但讀書的成績卻以中文科最佳，他會考只考到一個 A，這一科就是中文科。中五畢業時，他希望將來的發展方向和科學有關，所以家人節衣縮食，供他到美國加州大學聖地牙哥分校攻讀該校著名的生物工程。

招彥燾在美國本科畢業後，第一份工作是在一間專門做快速測試的公司從事研發。他的團隊研發了一個可以用唾液檢驗毒品的快速測試產品，當時是全世界唯一獲得美國政府審批的產品。他發現快速測試的技術雖然對醫療界有重大的作用，但準確度不足，因此他決定重返學校研究，用了六年時間在加州大學洛杉磯分校修讀博士，在此期間，他研發了一項樣本處理技術 PHASiFY，並在美國取得了專利。

在現今的檢測領域中，普遍存在樣本中目標檢測物含量較低的問題，待測樣本中的目標檢測物包含 DNA（脫氧核醣核酸）、細菌、病毒或蛋白質等，若處於早期感染階段，往往很難提取到足夠的目標檢測物，因此也成為臨床早期檢測的難點。PHASiFY 技術透過濃縮和純化樣本中的目標物，令不同種類的檢測變得更準確、便宜、快速和方便。招彥燾舉例解釋，在一杯水中放五粒鹽，然後用舌頭去嘗味道，不會感到水有鹹味，因為這杯水中的鹽份濃度太低；若將這杯水濃縮成一滴，再用舌頭去試，就會感覺到鹹味了。他研發的技術將樣本瞬間濃縮，並可以配合任何檢測工具使用，包括簡單的快速測試和複雜的實驗室檢測儀器。他認為若要令這項技術真正幫助到人類，一定要將研發變成商品，最直接的做法是自己開立公司。因此，2015 年他在美國創立了一間生物科技公司，為檢測技術帶來一項新突破。

掛念香港的家人和美食

招彥燾在美國生活了 18 年，每天都會看香港的報章，與香港的家人聯絡，常想回來香港探望家人。他那時也很掛念香港的食物，所以每次回港一定會去品嚐美食。他笑言自己的要求很低，到茶餐廳喝一杯凍檸茶已經很開心。如果可以帶一樣東西到外國，他希望帶炸両，因為在外國沒法做美味的腸粉和油條，炸両是他最喜歡吃的食物。

當招彥燾聽說香港希望大力發展創科時，他期望將自己的創新技術帶回出生的地方，發揚光大。有了這個決定後，他毅然帶同妻女，舉家在 2018 年回流，並將自己公司的總部轉移至香港。招彥燾回到香港發展的初期是做癌症的檢測，但他回來後遇到新冠疫情，我問他會否覺得回來不是時候？他回憶道：

> 一開始也會的，因為我們發展癌症檢測，回來幾年已有一些成果，突然出現新冠疫情，我們也很徬徨，開始時並無有效藥物，亦沒有疫苗，檢測是唯一可以讓我們對付疫情的方法。但亦因為這個機會，讓我們研發了一系列新冠相關的產品，甚至成為香港政府檢測承辦商。這是因為在香港這個地方的關係，令我們在短時間內，將我們的產品由研發到生產，甚至成為整個大中華地區第一個獲得美國 FDA（食品藥物管理局）認證，

作為科學家和企業家，招彥熹的初心是希望幫助人們更好地管理自己的健康。

輸出 30 多個國家，幫助不同地方的政府防疫、抗疫。

2020 年初，新冠肺炎來襲，各國都措手不及，招彥燾收到了北京大學一位教授的電話，邀請他用他研發的技術來改善當時核酸檢測的準確度。臨危受命，招彥燾義不容辭，決定暫緩癌症檢測的研究計劃，帶領全體研究人員 24 小時接力工作，在三個星期內開發出了第一個新冠測試產品，可以較傳統方法提取多十倍的核糖核酸，使核酸檢測變得更加準確，也因此獲得國家科技部頒發的「重點技術」認證。

隨著新冠肺炎迅速擴散，世界多國宣佈封城，當時疫苗還未面世，檢測是幫助控制疫情的有效方法。招彥燾預見到世界各國不可能單靠核酸檢測來進行大規模的篩查，一定要開發一種簡單、易用、準確、價格相宜的自我檢測工具，所以他和團隊也成為了世界最早開發快測的隊伍之一，產品獲得全球多國的醫療用品監管機構認證，至今產量已超過一億套，幫助了 30 多個國家對抗疫情，這同時也證明了香港研發和製造的產品品質卓越，可以和跨國公司製造的產品一樣具有影響力。

致力於促進全民健康

招彥燾帶領團隊在短時間之內，研發出一系列新冠病毒檢測產品，他盡心盡力投身到本港和世界多國的抗疫工作，因此於 2021 年獲選為香港十大傑出青年，並在 2022 年當選世界十大傑出青年。新冠疫情已經過去，他現在的工作研究回到初心——致力於促進全民健康，他和團隊集中做的第一項研究是針對預防子宮頸癌，很多女性因為尷尬、怕痛，或者醫療資源不足夠，不能恆常地進行這方面的檢測。他現在開發的技術利用尿液去檢驗 HPV（人類乳頭瘤病毒），從而預防子宮頸癌，透過早年在美國加州大學洛杉磯分校研發的核心技術，由以前只能達到 60% 至 70% 的準確度，到現在超過 95%，令所有女性能夠很方便地去檢驗 HPV（人類乳頭瘤病毒），從而避免患上子宮頸癌。

香港是世界首屈一指發展科研的好地方

香港的吸引力不僅有很多美食，生活也很方便。招彥燾相信香港是發展科研的好地方，他當初決定回來香港，除了自己的愛港情懷之外，也因為香港有很好的先天條件，例如香港的醫療系統非常成熟、健全，是世界首屈一指的。生物科技行業中有很多世界頂尖的教授，全部都集中在香港，幫助他很順利地發展創科。

國家工作報告以「七個堅持」總結 2023 年，以「十個奮力」開展 2024 年，強調要抓創新、重應用。特區政府同樣支持創科發展，去年發表的《香港創新科技發展藍圖》從頂層規劃和設計制定四大發展方向和八大重點策略，生命健康科技被列為本港科技創新的三大重要領域之一。香港和祖國擁有共同的目標，因此可以在粵港合作機制上加強創新科技的合作，實現兩地優勢的互補。尤其是香港創科發展不斷成長壯大，特區政府也大力支持創科企業把技術落地應用，將創新的發明轉化成惠澤民眾、利益社會的產品。招彥燾作為創科界的一員，努力推動香港和國家的高水平科技發展和新型工業化。

香港背靠祖國，面向國際

招彥燾認為，目前香港正處於追落後的狀態，速度是關鍵，除了政策執行需要變得更有效率之外，香港更要向世界展示香港創科土壤的優勢：背靠祖國，面向國際。香港企業可以到內地發展，也具有豐富「走出去」的實戰經驗，可以擔當連通內地和世界的重要橋樑和雙向平台的角色，讓內地企業走向國際。

招彥燾希望以自己的研發貢獻祖國，貢獻自己土生土長的地方，他以自己的公司為例，他用全球化的業務佈局，實現了中美兩地區業務雙向協同，真正做到立足香港，連結全球。他在香港、深圳、美國均有研發和營運團隊，並在香港和深圳自設廠房，通過三地資源的高度協作，得以研發出高品質的檢測產品，並將產品推廣至內地和海外市場。

香港特別行政區行政長官李家超（中）頒發行政長官社會服務獎狀給招彥燾（左），以表彰他在抗疫期間，為香港作出的貢獻。

招彥燾覺得，在特區政府的政策支持下，香港的創科發展迎來了極大的機遇，但在地緣政治持續緊張甚至加強的影響下，亦面對越來越複雜的外圍不明朗因素。初創企業要貢獻祖國、走向國際，並且成為支持香港經濟發展的新力量，仍需政府加大政策賦能，針對性地支持香港本地的研發，以及協助新發明落地量產，開拓市場。

其中，本港在生物科技、醫療健康器材、醫療服務和中醫藥領域具有出類拔萃的實力。香港是亞洲第一、全球第二的生物科技上市融資地，在生物科技領域，香港有超過 250 家生物醫藥企業，以及超過 160 家醫療健康器材企業。特區政府計劃在 2024 年上半年設立「香港藥物及醫療器械監督管理中心」籌備辦公室，招彥燾相信成立這個港版 FDA（美國食品藥物管理局）可大大縮減本港、內地和海外企業申請進入香港市場的行政時間，同時不需要再依賴其他國際機構的協助來完成審批流程。「香港藥物及醫療器械監督管理中心」能夠實現一條龍的審查流程，包括臨床試驗結果、生產過程、標籤、安全資訊數據等，對產品的安全性、有效性和整體品質進行評估，幫助香港的生物科技創新全面發展。

孕育重點初創企業需避免「重海外、輕本地」，因為初創企業到了成長期，風險因素大大增加，要繼續營運或把企業擴大發展，均需要大量資金去支撐。對於已經有研究成果的本地初創企業，建議特區政府協助孕育它們，讓它們茁壯成長。私人投資者往往看重短線

招彥燾（右）榮獲李家超（左）頒發的香港青年工業家獎。

回報，要吸引投資人投入長線資金，特區政府可率先向具有實力的初創企業「下注」，這對私人投資者和機構來說是信心保證，有助吸引其他大企業和財團投資，創造一加一大於二的共贏局面。

招彥燾建議特區政府審視現時創科撥款的框架，平衡創科上、中、下游的撥款比例，例如為大學的研究成果尋找投資者，並且推出市場；或透過非稀釋資金，專門用於支持小型企業由研發至落地，通過技術和業務援助計劃，以及行業專家的支持，讓小型企業的尖端技術可以量產，服務香港和國家。

特區政府也可採購初創企業的產品以提升其競爭力，發展成可持續的新產業，為香港帶來最大的經濟效益。招彥燾建議特區政府在採購和招標的流程中，加入有利本地初創企業的優惠條款，例如列出技術要求清單、在採購過程中初創可獲加分或訂立初創中標的比例指標等，以實際行動支持本地初創企業，帶頭採用合資格的初創產品和服務。初創公司的技術和產品能否獲得政府採購，是相關創新項目成功與否的關鍵，因為政府的採購不僅可以為產品背書，而且能幫助初創企業增加市場佔有率，獲取有利的發展條件，進一步提升產品質素。

招彥燾（右一）作為香港貿易發展局主辦的旗艦推廣活動「成就機遇．首選香港」的生物科技界代表，和香港特別行政區財政司司長陳茂波（中）分享他的創科發明。

招彥燾（中）鼓勵年輕一代投身創科，時常到學校分享他的創科創業經驗。

結語

家和萬事興，社會這個大家庭的和諧也能推動香港和國家的經濟發展。招彥燾感謝妻子對自己回流香港的全力支持，美滿幸福的家庭是他的港灣和後盾。他的妻子在美國時已考獲註冊藥劑師牌照，前途無量，但義無反顧選擇了放下自己的事業，攜同女兒支持招彥燾回饋香港，若沒有家人的愛與支持，他不可能有如今的成功。招彥燾期望透過自己的創新技術，促進人類的健康福祉，以先進的檢測工具，幫助大家更好地瞭解自己的健康情況，從而可以為自身的健康做出適時的健康決策。

招彥熹（右三）在「中國宏觀經濟暨大灣區融合論壇 2023」上，分享香港背靠祖國面向國際的優勢。

招彥熹（中）在香港和深圳均設廠房，發揮雙城協作的優勢，生產高品質的檢測產品。

阿里大文娛「港藝振興計劃」正式啟動

Chapter 5

第五章

李捷
共創港片新輝煌

「因為相信，所以看見，香港電影必將重新榮光和振興！」

引言

港產片在華語觀眾心目中有著不朽的意義，是香港文化的瑰寶，也是無數華人的集體回憶，影響著一代又一代的人。2024年3月11日，阿里大文娛集團在香港與合作夥伴共同發佈了令人矚目的「港藝振興計劃」，準備在未來五年內總共投入50億港元，與大灣區的優秀製作團隊一起，在電影、劇集、綜藝上製作一些好的作品，同時也培育導演人才和藝人人才。和阿里影業總裁李捷傾談，聽他講述如何攜手香港頂尖電影公司，共同開創港片新輝煌，令港風吹遍全球。

阿里大文娛一直有一個使命和想法，希望中國文化走出國門，他們認為最好的渠道是經由香港，因為香港過去曾經是最好的電影產地。香港電影是國際的電影，贏得和征服了全世界無數觀眾對華語內容的喜愛。「港藝振興計劃」中最重要的一點，是阿里大文娛希望能夠激發整個內地和香港創作體系的互動交流和投資，通過阿里大文娛的投資計劃，帶動新一代的香港電影、電視劇走出海外，依靠香港本土的人才，講好香港故事，出現更多像《毒舌大狀》、《飯戲攻心》、《拆彈專家》這樣傑出優秀的香港電影。

「港藝振興計劃」中，另一項重要的內容是人才。阿里大文娛認為整個文化創意產業最核心的驅動力是人才，好的創意人才、創作人才、製作人才、導演、編劇和藝人是維持文化創意產業長期發展的基礎。因此阿里影業攜手香港浸會大學電影學院，在香港延續「海納國際青年導演發展計劃」，為優秀的青年電影人提供獎學金激勵。此外，阿里影業也希望通過「港藝振興計劃」，能夠讓香港與內地傑出的製作人才攜手做出好的作品。

職場成功的關鍵是具備專業精神和職業能力

李捷擁有多元化的成長經歷，他畢業於天津大學，之後在中歐國際工商學院和香港大學分別取得了 EMBA 碩士課程文憑。要細說影響李捷一生的故事，起點當由他的第一份工作開始，他的第一個老闆，對他一生的職業發展和工作習慣影響很大。當時他在台灣宏碁集團工作，老闆曾在 IBM 擔任高管，對下屬的要求非常高而且嚴厲，他說：「在職場中，最重要的就是專業精神和職業能力。」這句話對李捷的工作觀影響很大，他之後轉換了多次工作：從市場營銷、人力資源、投資和 BD，到現在做電影；行業也從 IT 轉到互聯網，再到電影，職業生涯有兩次很大的轉型。總體來講，他覺得所有寶貴的經驗和啟發，是在任何工作中對於專業和職業的表現：

> 第一，你作為管理者，最核心的是專業態度。你只有成為一個專業的人，才有可能管理好你的團隊，贏得客戶尊重。第二，在職場裡，沒有人在意你的感受。你一定要有能力說服自己，讓自己能夠從困難和打擊中成長起來。你不要希望你的老闆和同事會照顧你，因為這對他們來說不是必須的，如果有人關注你的感受，對你來講是運氣，但這不是老闆和同事應該做的。在職場中，永遠不要放棄你的目標，一定要自己努力往前進。同時在每一個職業轉換中，專業精神和職業能力是非常重要的。

小人物、真英雄、大情懷、正能量

很多阿里影業出品的電影都是和全球最好的電影公司合作，例如《綠皮書》和《1917》都是和安培林娛樂公司聯合出品。安培林是阿里影業有份投資的一家公司，它的創始人是史提芬·史匹堡（Steven Spielberg），兩間公司共同做了很多好電影，當中《1917》更榮獲了奧斯卡的多項大獎。李捷認為電影投資人最重要的能力和特質是發現好故事，這是他的天職。電影投資人不是拍電影也不是寫劇本的，他們最大的價值是發現拍電影和寫故事的人才。無論是《1917》、《綠皮書》，還是阿里影業曾經投資過的《我不是藥神》、《消失的她》、《孤注一擲》、最近引進的《周處除三害》，以及吉卜力工作室的《你想活出怎樣的人生》，這些電影的成功都是因為背後有一個非常好的創作團隊和創意團隊。阿里影業和業內頂尖的團隊合作，與優秀的電影人一起同行。

李捷樂於傾聽，願意花費時間和好的創作者溝通，瞭解他們的創作意圖，他認為這個特點是他投資電影最基本的支撐。例如海外的製作團隊都相信阿里影業有熱情和信念，能幫助他們在內地發行他們的電影，因此選擇和阿里影業合作。他覺得好的電影都是相通的，無論是荷里活電影、香港電影，還是內地電影。好電影對於人性的關懷，對於現實主義題材的照顧，溫暖勵志的世界觀和樸實的價值觀，是所有電影人都能看到的，也是阿里影業投資電影的基本原則。

吉卜力工作室代表董事、製片人鈴木敏夫（左）與阿里影業總裁李捷（右）就簽署宮崎駿新作《你想活出怎樣的人生》合作計劃達成意向。

阿里大文娛幀享數字影棚。

阿里影業選電影的基本邏輯是「小人物、真英雄、大情懷、正能量」，因為大多數觀眾都會被這類電影打動。阿里影業有一套完整的電影評估流程，他們認為最好的電影並不是被選出來的，有時候是靠直覺和感覺，當你看到一個劇本的時候，你被它打動，完全放不下來，那麼恭喜你，這可能會成為一部好電影。接下來，需要有好的製作團隊和電影人把它完成，在這個過程中，李捷認為出品人的價值在於如何陪伴並幫助團隊把這部電影拍出來。阿里影業一直與好電影同行，他們不僅引進國外的電影，也在國內投資了非常多的電影，雖然有一些拍出來可能不盡如人意，但是總體來說，阿里影業對於創作者的關心和支持是公司成長的核心。

「北上」和「南下」

李捷笑言，在內地電影市場開放的早期，香港優秀的電影導演、創作者和製片人「北上」，在北京創作出了《臥虎藏龍》和《十月圍城》這樣好的電影故事。由於香港優秀的電影人才加入，才讓內地的電影市場被激活，真正全面地走向市場化、商業化。在今天大灣區需要內地資金和人才的時候，他們決定「南下」，帶著內地龐大的市場和優秀的團隊，與香港本土的人才一起合作，振興香港電影，在整個亞洲提升影響力。阿里影業未來的構想，是希望用三到五年的時間，從一家在內地久負盛名的華語電影公司，成長為亞洲地區出類拔萃的電影公司。他們希望阿里影業的作品能夠覆蓋大灣區、港澳台，以及整個亞洲市場，這是阿里影業的一個戰略。伴隨這個戰略，「港藝振興計劃」通過資金和人才製作優秀作品，在多個國家及地區傳播，讓全世界更多觀眾看到優質的華語內容。

香港作為國際金融及文化中心，優勢非常明顯。特首李家超先生曾經說過，從來沒有一個城市像香港這樣既具備中國的特色，又有全球的優勢。李捷認為香港是一個重要的文化樞紐，它兼具東方和西方的內容和題材，也擁有優秀的內容創作體系和人才。香港電影在創作題材方面有豐富的想像力，以往有非常多的優秀作品，都可以幫助香港電影繼續蓬勃發展。李家超特首在接見阿里大文娛的管理團隊時說，希望阿里大文娛能夠通過「港藝振興計劃」，為香港電影重振輝煌，讓香港電影重新走向荷里活，走向全世界，能夠在各大國際電影節和市場上，都有香港製造的電影。

阿里影業也有同樣的計劃，「港藝振興」是在香港拍攝最好的華語內容，在香港製作打動人心的故事，並不是用香港的製作體系去拍內地的電影，他們要拍全世界觀眾都能看的電影、屬於世界的電影。香港最大的特點是國際化和文化的多元性，這些正正是全世界觀眾都喜愛的電影故事的基本因素。香港在過去這幾年遇到的挑戰，也讓香港的電影業有共同的進取性，大家都特別團結，現在正是振興香港電影的好時機。

香港的電影人才和內地的市場及資金結合

李捷坦言，他這一代人是看著香港電影長大的，他最喜歡的是周潤發的《英雄本色》和《縱橫四海》系列。徐克導演是他的偶像，他的武俠電影打動了一代人。香港電影影響了一代人，現在很多知名導演，早年都是因為看了香港電影、熱愛電影才走上電影這條路的，所以香港電影在全世界都有不可磨滅的、重要的影響力。李捷記得當年有一個論述——荷里活電影、香港電影和波里活電影，合稱為三大電影發源地。他覺得香港電影的特點是兼具了娛樂性和商業性，很多電影都以比較低的成本，拍出了非常好的電影效果，這反映出香港電影製作人才的能力和專業程度。

李捷認為這幾年香港電影遇到的一些困難，主要原因是在全球化的浪潮中，荷里活電影擁有工業化的特效，投入的資金量非常大，效果很驚人，例如《魔戒》系列、《星戰》系列和《阿凡達》。觀眾被這種特效電影所吸引，這類電影需要巨大的投資，但香港電影的投資和製作體量都不是很大。現在香港電影有內地市場做依靠，所以很多香港優秀的電影人才像江志強先生、徐克導演、林超賢導演和劉偉強導演，都紛紛在內地拍大製作的電影，包括《長津湖》和《紅海行動》。在電影工業化的進程中，香港電影團隊是非常了不起的。阿里影業依託香港傑出的電影人才和製作體系，與內地的市場和資金結合，並且在新的時代，電影拍攝技術有全面的更新，像虛擬拍攝技術、人工智能，紛紛都進入電影和電視的創作領域，這是內地的強項。阿里影業擁有很好的技術團隊和技術人才，可以幫助將香港電影的技術升級。

阿里影業最近在籌備的《群星閃耀時》和《東極島》等電影，都將考慮運用虛擬拍攝技術，這個技術他們也希望在香港的電影創作中運用。他們也考慮在香港或其他亞洲地區設立幾個虛擬拍攝的影棚，以支持香港電影技術的升級。李捷認為香港電影過去很輝煌，未來也一定輝煌，主要的原因是香港擁有傑出的人才體系、商業眼光和專業團隊。當然文化振興的過程是漫長的，因為大家也看到，在過去的十多二十年，各個國家在文化振興方面都投入很大，例如韓國電影、日本電影，都努力在世界電影中獲得一席之地。現在阿里影業已經摸索出了一套新的香港電影成功之道，比方說他們和安樂影片有限公司合作的《毒舌大狀》和《飯戲攻心》，以及最近和張艾嘉導演洽談的下一部電影，都是非常有創新性，審美非常好的。這些電影匯聚了香港未來電影的特質，有助香港的電影行業再作一次更新。

縱觀過去幾年，整個華語電影市場發生了變化，今年特別明顯。全球觀眾不再迷戀漫威和 DC 英雄系列，大家都在尋找自己想看的下一部電影，像《芭比》、《奧本海默》以及《周處除三害》，它們都不是傳統意義上的商業大製作，但依然贏得了很好的票房，這說明了觀眾開始更關心自己內心的體驗，更關注自己的情緒價值。因此，阿里影業認為未來的好電影要為觀眾提供情緒價值，一定要能打動觀眾，因此投資的預算多少、特效如何，不再是好電影唯一的標配。

新技術和新題材

李捷認為香港電影發展的機遇有兩方面，第一是新技術，如虛擬拍攝和人工智能技術將提升電影製作效率，並使成本優化。在新冠疫情期間，虛擬拍攝從2021年開始大行其道，包括在荷里活劇集《曼達洛人》中的運用。因為疫情無法出外拍太多的實景，只能在棚內拍，但是傳統的搭景和美術無法呈現複雜的電影場景，於是出現了運用LED屏的方式來拍攝。李捷預言，沒有辦法實拍的極端災害天氣，像地震、火山、沙塵暴，以前是靠後期的特效，未來大概率會用虛擬拍攝來實現。人工智能的出現也改變了電影的製作方法，內地有些電影已經在考慮群眾演員不需要找人來拍，可以用「數字人」來拍攝，這些都是香港電影的機遇。眾所周知，香港電影是第一批擁抱荷里活的，並掌握了全球最頂尖的拍攝技術，因此在運用新技術上，他認為香港依然會領先。

第二是電影類型和題材的創新，好的電影不再是大製作大特效，而是打動人心，讓人感動的電影，包括早前的《年少日記》和《正義迴廊》。這些電影的製作成本都不高，但深受觀眾喜歡，所以像這樣真實發生在你身邊，基於現實主義題材的，充滿溫暖、關懷、激勵的電影，都有可能是香港電影新突破的機會點。阿里影業也希望拍攝更多這類題材的香港電影，讓全球的觀眾知道，香港喜歡這樣的電影。李捷說，《九龍城寨》在內地深受歡迎的原因，是因為電影重現了當年九龍城寨老香港的風貌，很多人沒有見過，電影如果在海外放映，也會贏得很多海外觀眾的喜歡，這也是香港電影發展的機遇。

李捷很喜歡香港，一方面因為他從小看香港電影長大，另一方面由於他曾經在香港大學進修。為了工作便利，他同時申請了香港「高端人才通行證計劃」，很願意為香港盡一份力，他覺得未來香港電影的最大機遇，是背靠內地巨大的觀眾市場。對於近期香港電影遇到的挑戰，他認為並不是觀眾不愛看香港電影了，而是傳統的警匪動作題材需要更新了，新一代的 00 後和 90 後需要看新的香港電影。阿里大文娛的優酷和 TVB 合作的《新聞女王》劇集反響非常好，用新聞女主播背後的職場故事來打動人，不同於以往的 TVB 劇集。香港電影未來可以拍很多在都市裡發生的普通人的故事，這在香港電影中很具有代表性，比方說《毒舌大狀》是講一個律師的故事，《新聞女王》是講一個女主播的故事，觀眾也很喜歡看這些和自己距離很近的故事，喜歡看體現現實和有社會共鳴的故事。

阿里影業總裁李捷在「港藝振興計劃」發佈會。

阿里影業與香港浸會大學電影學院達成五年戰略合作，為50位優秀的青年電影人提供獎學金支持。

香港是一個國際大都市，擁有文化交流的優勢，香港製造的電影在全球都有影響力，也被觀眾熟知。阿里影業計劃在未來三到五年拍出一批新的香港電影，既有濃厚的香港電影特徵，又有面向未來的電影類型和題材。最近已經開拍了幾部電影，是作為亞洲電影拍給全球的觀眾看，啟用的演員非常多，不僅有香港和內地的演員，還有其他亞洲國家的演員，在中國香港和泰國拍攝，這樣的亞洲電影可能會在亞洲受到歡迎。

電影靠人才驅動

2024 年 5 月 7 日，首屆「香港・全球人才高峰會」成功舉辦，特首李家超先生在致辭時表示，充滿活力的香港吸引全世界一流的人才來港發展，是香港非常重要的目標。在電影創作和文娛產業中，人才是最大的資產，沒有人才就無法製作好電影。香港有非常好的特點，比方說城市的便利性、生活的宜居性，以及它的自由度、開放和多元化、國際化的背景。李捷認為來自全球各地的電影人才在香港生活會感到非常方便，有利於他們創作和製作電影。

同時，香港是亞洲的一個樞紐，並且背靠內地，可以借助內地的資源、優勢和技術去佈局整個亞洲，這點和阿里影業未來的戰略不謀而合，他們希望成為一間亞洲電影公司，出品的電影能夠在海峽兩岸、港澳、東南亞等地區都上映，並取得好票房。亞洲地區文化相通，大家看韓國、日本或泰國電影都有天然的親切感，所以香港電影應該努力成為亞洲人都愛觀看的電影。

獅子山下同舟共濟

吸引人才很重要的點是包容、寬容和尊重，李捷看到特區政府的決心和誠意，包括推出了很多高端人才的引進計劃。阿里影業也在 2024 年 3 月 11 日宣佈，香港是公司的第二總部，並開始僱傭香港本土人才。阿里影業希望未來有 60% 的電影在內地生產，另外 40% 在香港及周邊地區拍攝。香港曾經創造了華語電影的奇蹟，為華語電影贏得了驕傲。今天香港電影所遇到的挑戰，是所有中國電影人要一起解決和面對的，阿里影業不能置身事外。李捷認為香港是中國的東方明珠，大家都應該支持香港振興，支持香港電影。他對香港充滿信心，非常尊重香港人的專業和敬業精神，認為香港同行的職業素質在全球是首屈一指的。他覺得香港只要有核心專業人才在，發展就不會有問題。

李捷認為，在 1995 年之後出生的青年人，消費觀、世界觀與上一輩不同，更關注當下的快樂和體驗，他們需要文化娛樂的消費，因此未來十到十五年可能是亞洲文化振興的好機會。讓香港成為文化娛樂之都，重振香港文化娛樂的繁榮，也是香港的發展機遇，並且一定能夠實現，因為香港是最適合作為華語文娛內容出口的城市。

特首李家超先生也對此充滿了信心，他覺得沒有一個城市能夠比香港更具備中國優勢和全球優勢，能夠把華語文娛內容輸送給全球的觀眾。

香港的包容性能吸引世界各地的人才來香港創作電影，使香港的電影產業更加繁榮。李捷坦言他每年都來香港很多次，但以前總覺得自己是來觀光、開會和出差的，從今年3月發佈了「港藝振興計劃」之後，他有一種感覺，他也是香港的一分子。阿里影業有決心和誠意，支持香港重現繁榮，希望香港電影再一次成為全球電影一個制高點和高峰。這個過程需要時間、耐心和細心，李捷覺得香港這麼多年來，經歷這麼多風雨，從來沒有倒下過，所以香港一定能戰勝任何挑戰。現在已經有很好的勢頭，包括在剛結束的康城影展上，華語電影大放異彩，海外媒體報道指華語電影捲土重來，所以香港電影和文化一定能夠再次繁榮。李捷期待並相信，香港電影未來有機會繼續在海外獲獎，包括角逐奧斯卡獎等。

安樂影片和阿里影業出品的《毒舌大狀》（內地片名《毒舌律師》）榮獲第 42 屆香港電影金像獎最佳影片獎。

結語

因為相信，所以看見，李捷對於重振香港電影新輝煌的信心與決心令人動容，正如黃霑在《獅子山下》中所寫：「既是同舟，在獅子山下且共濟，拋棄區分求共對。放開彼此心中矛盾，理想一起去追，同舟人誓相隨，無畏更無懼。同處海角天邊，攜手踏平崎嶇，我哋大家，用艱辛努力寫下那不朽香江名句。」

阿里影業與眾多香港電影公司在內容、市場、人才等方面深入合作，以優質影片為前提，以阿里影業的數字化、智能化宣發能力為輔助，電影在觀眾口碑、票房紀錄、內容突破等方面，均出類拔萃。相信阿里影業一定能推動優秀的中華文明走向海外，將香港發展成中外文化藝術的交流中心，同時推動香港融入國家發展大局，加強內地與香港在電影領域的合作，促進民心相通。

李捷（左）和作者（右）分享重振香港電影新輝煌的信心與決心。

張永達（右）和父親張耀榮（左）薪火傳承。

Chapter 6

第六章

張永達

香港讓音樂人夢想成真

「世界各地的人選擇來香港創業發展，是因為香港是一個夢想之都，一個可以讓大家夢想成真的地方。做娛樂公司最開心的事，除了讓歌手和樂團實現夢想之外，也可以讓香港的市民乃至全世界人都聽到他們的聲音，並且讓歌手知道，雖然他們還沒有成功，但至少有一個地方可以讓他們表現音樂天分。」

引言

今年是張永達的父親張耀榮過世十週年，我期望透過本書的出版，紀念這位「香港演唱會之父」，紀念他參與並推動了香港歌壇黃金時代繁榮及偉大的發展成就，亦感謝張永達秉承父志，克盡己力，將香港打造成幫助音樂人圓夢的夢想之都。

一直以來，世界各地的人選擇來香港創業發展，是因為香港是一個夢想之都，是一個可以讓大家夢想成真的地方。當你為其他人實現夢想的時候，宇宙也會幫助你實現夢想；當你為他人帶來快樂和幸福，快樂和幸福也會在你自己的生活中呈現。

張耀榮無心插柳柳成蔭

張耀榮十幾歲的時候開始做建築業，當時有很多移民來到香港，人口膨脹，張耀榮看到市民對房屋的需求甚至比現在更高，他看好建築業的前景，所以跟家人和朋友借錢，買了第一部泥沙運輸車，開始做起建築業來。

張耀榮非常喜歡聽音樂，當時他有很多建築地盤，經常請工頭和工人去海港城的海洋皇宮大酒樓，一邊聽歌一邊吃飯，天天聽，聽到後來就把海洋皇宮大酒樓買下來了。擁有了這個舞台之後，張耀榮就邀請藝人來駐台唱歌，包括梅艷芳、張國榮、羅文等。1983 年紅館正式啟用，紅館是一個體育館，但當時香港沒有很多大型體育盛事，所以紅館很多時處於無人使用的狀態。那時張耀榮是東華三院的總理，在紅館舉辦了一場慈善籌款演唱會，做完之後，他與好朋友陳柳泉先生和其夫人陳淑芬女士一起考慮長期做類似的音樂會，因為他覺得紅館能夠提供一個更好的舞台給歌手們。就這樣張耀榮在 1984 年成立了耀榮文化的前身——耀榮娛樂，專門做演唱會。

像是梅艷芳就非常信任張耀榮，她從一開始在海洋皇宮大酒樓駐唱的時候，就已經和張耀榮非常友好，梅艷芳的紅館演唱會全部都是耀榮娛樂主辦的。張耀榮把籌辦演唱會當成一個興趣，並沒有把它當作事業，卻無心插柳柳成蔭，將興趣做成了事業。對於為甚麼大家稱呼張耀榮為「演唱會之父」，張永達稱：

我父親教我們，不要怕「蝕底」（吃虧），以前我爸爸常說:「我幫很多歌手舉辦他們人生的第一場演唱會，雖然大部分未必賺錢，可是我只要想到可以幫這些歌手與粉絲們圓夢， 我就覺得很開心了。」因為這樣的營運方式， 他做了上千場演唱會，久而久之就有了「演唱會之父」的稱號。

天將降大任於斯人也，必先苦其心志

張耀榮的過世非常突然，在過世前的三個小時還打電話給張永達，大家對於張耀榮的過世都很悲傷，因為他是代表人物。「耀榮」一直以來都是香港知名的演唱會公司，歷史悠久，很多觀眾都熟知「耀榮」，明星也信任他們。張耀榮從上世紀八十年代開始做演唱會，很多藝人的第一個演唱會都由耀榮娛樂舉辦，包括張國榮、劉德華、黎明、張學友、郭富城、陳慧琳、容祖兒、Twins，還有梅艷芳。梅艷芳 90% 的演唱會都由耀榮娛樂舉辦。

張耀榮離去之後，張永達在這行遇到了很多困難，他回憶道：

其實我們這行，常常會有一個大主辦牽頭，其他公司一起參與合辦，而當時有個演唱會我們也想參與其中，所以就找了主辦

右起：張永達、狄波拉、張耀榮、謝霆鋒攝於澳門酒店開幕。

張永達（左）見證了父親張耀榮（右）為郭富城（中）舉辦了他的第一個演唱會。

談，結果主辦的高層直接拒絕。一個禮拜後，剛好我遇到主辦的老闆，再一次詢問是否可以參與其中，他說：「為甚麼你這麼晚才說？那沒關係世侄，我從我這邊分一些給你吧。」因此，這個高層很不高興，開 Show 之後我在紅館見到了這位高層，我爸對他有恩，是很大的恩，他卻在後台對我說：「你們耀榮今時不同往日了，以後賺錢的我不會跟你們合作。如果虧錢的 Show 你要做，我就預你一份。」聽了這句話之後，我開始發憤圖強。

爭氣

張永達與合夥人 Viva 關先生一起成立了耀榮文化，從零開始做起，張永達特別感謝他的合夥人關先生。張耀榮留下來的人脈，以及他一直以來做生意積累的口碑，令大家非常信任耀榮文化。張永達覺得做人要爭氣，而且有時候不要太計較自己的得失，所以他除了做好自己的公司之外，也運營很多子公司，他堅信香港的大環境是好的。當我們不計較得失、默默耕耘的時候，上天會給我們一些意想不到的機遇，就像張永達覺得當他為這個社會貢獻越多，得到的回饋也是無與倫比，包括拿到了西九文化區竹翠公園的運營權，以及成功舉辦安室奈美惠、林俊傑等歌星的香港演唱會。

張永達積極擔任社會公職，香港青年聯會是第一個，由基表哥介紹入會，當年由霍啟剛先生擔任主席。加入香港青年聯會之後，他結識了很多新朋友，在這過程中，他父親留給了他最大的幫助，因為當朋友介紹張永達的時候，首先都會先提到他的父親。有些人可能會覺得張永達跳脫不出父親的影子，但是他一點都不介意，因為他認為，這讓他覺得父親一直陪伴在他身邊，也因此他很快地融入了父親當年留下的人脈，認識了父親朋友的下一代，非常容易和他們成為好朋友。他現在很多好朋友，都是在他父親過世之後認識的，且從初識開始就很友好。對於耀榮文化現在拿到的一些管理權，張永達相信 50% 是靠自己的努力，還有 50% 來源於他父親從十幾歲開始，打拚出來的「耀榮」這個名字。大家信任「耀榮」這個牌子，在此他非常感謝他父親。

張永達從 2015 年開始正式全職做演唱會，當時他們做了安室奈美惠巡迴演唱會的香港站，也簽約了一些歌手，包括香港 Mr. 樂團的主音布志綸（已約滿），還有吳海昕等。正如全香港很多公司一樣，疫情是耀榮文化成立之後遇到的最大危機。由於公司很多項目都是一年前已經鋪墊好的，疫情卻導致它們不得已延期，計劃全都打亂了。天無絕人之路，疫情期間，西九文化區竹翠公園招標，張永達連同其他合夥人一起入標，最後拿到了營運權。張永達非常感謝西九文化管理局，給他們非常大的自由度去做活動。由於有了自己的演出場地，耀榮文化恢復得很快，公司的發展比疫情之前更好。疫情一解封，他們就馬上有 Show 可以做，疫情之後公司已經做了三四十個 Show。如果要等場館讓他們做演唱會的話，可能一年只能做三四場而已。2024 年 5 月，耀榮文化與新鴻基地產和 AXA 安盛共同合作，營運 AXA 安盛創夢館，致力推動香港文娛藝術產業的發展。

幫助歌手實現夢想

張永達幫助歌手和其他表演家實現夢想，讓他們有一個屬於自己的舞台，或者參加音樂節。近期，耀榮文化幾乎把所有香港的樂團都請到西九文化區竹翠公園，成功舉辦了「The Wild Ones 音樂節」。張永達坦言，舉辦音樂節其實一直都吃力不討好，因為中間牽涉的人非常多，耀榮文化邀請了三四十個樂團，這三四十個樂團都有不同的意見，光是妥善應對已經感覺精疲力盡。加上疫情之後，他覺得大家更喜歡的是專屬一位歌手的演唱會，並不會因為請了越多歌手票房就越好。「The Wild Ones 音樂節」沒有盈利，反而小虧一點，但張永達希望每年都舉辦。因為他始終覺得自己有一份使命感，希望可以讓更多有音樂夢想的人站上舞台，所以他邀請了一些業餘的樂團，在音樂節的暖場部分表演。其實做歌手、做樂團非常辛苦，當紅的樂團都是已經努力奮鬥了十幾年才有今日的成績。很多人在早期其實很艱難，有些人甚至放棄了理想，去做其他行業。張永達也邀請過一個團體，由各行業的高層組成，他們年輕的時候有熱血和夢想，卻沒辦法實現，張永達讓他們在耀榮文化的場地實

張永達（右）獲香港特區政府民政及青年事務局局長麥美娟（左）頒發民政及青年事務局嘉許獎狀。

左起：張永達與 AXA 安盛中國大陸、香港及澳門行政總裁尹玄慧、新鴻基地產代理有限公司租務部總經理周淑雯、光尚文化控股 COO 崔詩韻，攝於耀榮文化策劃及營運的 AXA 安盛創夢館開幕典禮。

現夢想。當一個樂團不紅的時候，有一兩百個歌迷已經是奢望了，何況可以在一個有幾千觀眾的場地去演唱，所以他也邀請了這個團體參加他舉辦的音樂節。

張永達覺得做娛樂公司最開心的事，除了讓歌手和樂團實現夢想之外，也可以讓香港市民乃至全世界都聽到他們的聲音，並且讓歌手知道，雖然他們還沒有成功，但至少有一個地方可以讓他們表現音樂天分。張永達認為歌手的成功需要天時地利人和，缺一不可。他自謙地覺得自己還未有任何成就，但是可以讓歌手實現夢想是令他很開心的事。

讓世界看到香港的美

香港是一個港口城市，有很多離島值得發展，沙灘非常漂亮，期望更多祖國內地的人，以及全世界的人看到香港的美。2023 年，張永達在愉景灣舉辦了香港第一個沙灘音樂節「The Nextwave」，用音樂配合水上活動。他走遍很多國家和城市，覺得很少有地方像香港一樣，有很多離島，而且每個離島有自己的特色，譬如南丫島有漁村的特色。張永達期望透過舉辦沙灘音樂節，讓大家知道香港除了尖沙咀和中環之外，還有很多美麗的島嶼。他和愉景灣的發展商、香港興業國際集團的查先生合作，在沙灘音樂節期間，每天有接近一萬多人來到愉景灣，是愉景灣歷年最大的活動之一，成功讓更多人體驗到愉景灣的美。他也邀請了一些來自其他城市的明星和藝人，他們也說之前不知道香港有這樣一個地方。張永達計劃每年都舉辦沙灘音樂節，並且會與更多媒體配合在全世界宣傳，讓大家看到香港島嶼的美。

讓世人重新認識香港的搖滾

「The Wild Ones 音樂節」是張永達臨時籌備的演唱會，去年原本有一個搖滾音樂節，但因某些因素而延期了，他覺得很可惜，希望透過舉辦搖滾音樂節，讓大家重新認識香港的搖滾音樂。剛好何超儀小姐對於搖滾音樂節的取消也覺得惋惜，所以耀榮與何超儀達成共識，舉辦了「The Wild Ones 音樂節」，邀請了香港幾乎所有搖滾樂團演出。即便當天門票並未售完，但是每個人都非常開心，觀眾的反應也很好，大家都希望他們繼續做搖滾音樂節。有些樂隊寫了一些歌，卻從來沒有在舞台上表演過，能在音樂節上將這些歌唱給觀眾聽，歌手們都覺得非常開心，幫助歌手實現夢想的張永達也覺得有成就感。

張永達願意提供更多的舞台機會給青年歌手施展才華，讓他們看到音樂這條路並不是孤單的，他一直很想培育新一代。很多現在當紅的藝人，其實曾經都需要五六年，甚至十年以上，才可以真的透過唱歌來賺錢。在這五六年間，有些歌手維持生計並不容易，所以張永達希望除了培育現在已經有的樂團之外，也培育下一代，因為青年才是未來。

香港是國際巨星舉辦演唱會的首選地

香港是中外文化交流的中心，是外國歌手到海外演出的首選地之一。此外，香港的夜景、美食與獨特的魅力，也是香港的優勢。新聞報道泰勒絲（Taylor Swift）沒有來香港辦演唱會，張永達認為原因是香港現有的演出場地不夠大，可容納的人數不夠多，明年啟德體育園開始啟用，相信很多國際巨星都會來，因為香港對西方社會來說，是很重要的國際城市之一。香港一直以來都是外國歌手的試點城市，他們透過在香港舉辦演唱會，發現自己的中國歌迷這麼多，從而更有信心和動力進軍內地市場。

錄音帶和 CD 因為科技的發展而被淘汰，但人們對音樂的嚮往和喜歡一如既往，大家只是改變了聽音樂的方式，例如可以在網上下載，但這些都無法取代現場的演唱會。張永達在疫情期間嘗試過舉辦網上音樂會，疫情結束之後，網上音樂會相對冷卻，因為大家喜歡看的並不是冷冰冰的熒幕，而是現場參與的氛圍。之前他在中環海邊舉辦的林俊傑演唱會，為香港帶來了很多遊客。張永達坦言，在中環海邊舉辦演唱會的成本非常高，因為在這樣的一塊空地上搭建這樣的舞台需要上千萬，還有準備給一萬多名以上的觀眾使用的

張永達（左三）期望培育更多香港新生代的搖滾樂隊，讓 Beyond 精神後繼有人。

張永達（右一）與林建名先生（左二）和鍾楚霖（右二）一起為國際巨星瑪麗．嘉兒（Mariah Carey）（中）舉辦澳門演唱會。

流動廁所花費，也要過百萬。但是他相信只要香港有好的演出場地，國際巨星都會願意來舉辦演唱會。

吸引音樂人才來港發展

張永達看到很多藝人已經透過優才計劃來到香港，因此建議香港政府給優秀的音樂人才提供更多補助，並加強優才計劃的推廣，讓音樂人才更清晰地知道如何來香港發展事業。他認為全世界有很多音樂人才，如果香港政府能夠在工作簽證上提供便利，也能進一步吸引他們到來。經常有世界各地的歌手想和張永達合作，在香港舉辦演唱會，希望香港越來越興旺的張永達娓娓道來：

> 單是去年林俊傑、五月天、周傑倫等在中環海邊做演唱會，就為香港帶來近六七十萬的遊客。如果有一半的遊客留下，就有三十萬人左右在香港消費。其實政府可以加大力度支持演唱會經濟，吸引更多遊客來香港消費和旅遊，促進香港經濟發展。很多藝人選擇在澳門辦演唱會，是因為成本便宜，因為澳門賭場會贊助藝人和團隊的住宿開支，而在香港舉辦演唱會需要團隊自給自足。耀榮文化至今沒有申請過政府補助，因為我始終認為在可以自給自足的情況之下，不應該動用到政府的補助，始終政府的錢是市民的錢。

香港一直以來都是張永達的家，他在澳洲完成學業，一畢業就選擇回港。張永達要延續耀榮這個品牌，是因為當時眾多媒體大幅報道關於父親張耀榮離世的消息，很多市民都為張耀榮的離世而惋惜，讓他非常感動。張永達認為香港是一個夢想之都，在香港可以有更好的發展，也可以更多地回饋社會，這是他選擇留在香港的原因。之後他也會一直留在香港，希望盡己所能，幫助香港發展文娛行業。

結語

張永達的人生故事和成功經歷正印證了孟子所言：「天將降大任於斯人也，必先苦其心志，勞其筋骨，餓其體膚，空乏其身，行拂亂其所為，所以動心忍性，增益其所不能。」楊受成博士亦在他的自傳《爭氣》中提到：「我生平做人哲學，千頭萬緒，可提煉為兩字：『爭氣』。面對四周的奚落嘲辱，我必固守信仰，面臨命運的挫折壓力，我必冷靜應對。我深信，只要爭氣，一隻 underdog，會變為巨人，令看不到你、不信任你的人終將感到歉疚。」與大家共勉。

林俊傑「JJ20 世界巡迴演唱會」的香港站，中環海濱場內場外聚集數萬人。

2009年，施永青在「領匯商戶學堂」分享香港地產代理的現代管理方式。

Chapter 7

第七章

施永青

同舟共濟踏平崎嶇的獅子山精神

「香港需要全世界的精英，齊心協力促進香港的繁榮發展，如果香港能吸引更多的人才來港定居，香港的樓市也會恢復以往的興旺。」

引言

施永青自謙是走投無路才做地產代理的，他讀完中學之後，在工人夜校教了八年書。當時香港很多人沒有機會讀書，很小就要去工廠打工，所以施永青和一些朋友一起辦了工人夜校，讓工人在工餘時間有機會可以讀書。之後施永青去商界發展的時候，很多同班同學已經事業有成，他比別人遲了八年才起步，當時沒有太多工作可以選擇，因緣際會下，他開始為一間地產發展商工作，從最低層的職位做起。後來他覺得打工「受人二分四」（受僱於人，收入微薄），不會有很大的發展，做得再好也不能和公司共享成果，唯一的出路就是自己創業。他知道要做地產發展商是根本沒可能的，因為地產發展商需要先買地，他當時連買地建一間洗手間的錢都沒有，所以只能夠運用從工作中積累的對房地產市場的瞭解，以及人脈網絡，從事地產經紀和物業顧問，以較少的資金起步。他和合夥人各自出資5,000元就出來創業了，加起來只有1萬元，開始從事成本比較低的地產代理。

施永青憑藉之前為地產發展商工作時積累的人際關係，拿到一些樓盤，因為想省錢登廣告，便用手寫了一些貼紙廣告，裁成一張張紙條，貼在電燈柱上，上面寫著電話，有興趣的人看了覺得合適就撕一張，施永青憶述：

> 當時我並不知道地產代理會成為我的終身職業，有錢賺，可以生存下來，就一直做下去。為了生存，就肯定要做得比別人好，我就去研究如何能做好這行生意，對這行生意瞭如指掌，逐漸在競爭中勝出，走出了一條路，就將地產代理變成了我的終身職業。如果做得不好，被別人淘汰，那就要選擇其他職業了。

施永青覺得香港現在的青年人很幸福，有很多職業可以選擇。在他那個年代，他沒有那麼多職業選擇，書也沒讀得很多，他的合夥人有大學學歷，但他沒有，所以自己當時沒有選擇。既然選擇了做地產代理，施永青就盡己所能，把這份事業做到最好。

戰略上以一對十，戰術上以十對一

施永青創立中原地產以來，遇過兩種類型的危機，一種是來自市場的。1982年，距離他創立中原地產過了四年，公司規模還不是很大，當時市場環境急轉直下，交投量大幅萎縮。施永青回憶道：

> 因為當時香港面對前途問題，開始中英談判。當年戴卓爾夫人去北京見鄧小平的時候，曾經在人民大會堂的樓梯跌倒，可想而知當時的形勢有多緊張。香港人不知道未來會如何，很多人放盤賣了物業，但沒有人肯接盤，樓價就大跌。

由於市場環境影響，當時中原地產的生意跌了很多。生意少了，施永青才發現自己之前有很多地方做得不明智，例如剛開始做生意時，中原地產甚麼都做，包括住宅、寫字樓、舖位、工廠、新界丁屋、農地等，那時他的公司雖然小，可以做的都做了，但是甚麼都做，又怎麼可能樣樣都做得精、做得好呢？在客觀環境差的時候，中原地產無法再繼續從事這麼多業務。施永青知道有些做不到的就要放棄，要集中兵力突破一個點，才能在市場競爭中突圍而出，他解釋道：

> 就像毛澤東同志的戰略思想，「戰略上以一對十，戰術上以十對一」，我的公司當時是小公司，加起來只有五個人，但要和

大的公司鬥，人家有幾百人，那我就是一，對方是十。但是在戰術上打的時候，我就要十個打對方一個，這樣才能贏。

中原地產當時還是小公司，施永青決定不做大的範圍，而是選擇集中一個點，只做現在的愉景灣。因為愉景灣地處偏遠，前往的船費也貴，所以沒人做，於是施永青公司的五個人就全部專做愉景灣。其他有幾百人的大公司，只安排一個人做愉景灣，而且還是兼職，所以到最後他贏了對手，因為他公司五個打對手一個。愉景灣的業主請中原地產放盤，他的員工對愉景灣瞭如指掌。每當有潛在客戶打電話來問愉景灣的哪一座哪個單位，他的員工都能夠立刻回答，業主是甚麼時候買入的，買進時多少錢，是否有出租，租約甚麼時候結束。業主一聽，就知道中原地產對愉景灣很熟悉，就會交給他們放盤。相反，如果潛在客戶打到另一間公司問愉景灣的詳細情況，其他公司的員工還要問業主該單位在哪一座、朝甚麼方向，業主就不會很信任那間公司了。施永青就善用這些戰略和戰術，集中兵力突破一點，針之所以能戳穿肉，是因為針只有一個小點，就可以戳進去，如果是一大片，就沒有穿刺能力。之後施永青就從專做一個屋苑開始，將其做到精、做到熟，做完一個，又做另外一個。愉景灣做得好之後，施永青就再做置富花園、太古城、沙田第一城等，一步步擴張根據地，好過一上來就想佔領全香港。

無為而治

施永青遇到的另一種危機，來自公司內部。施永青覺得他和合夥人路線不同，他不認同合夥人的管理方式。他指當時的合夥人甚麼都要管，管得很嚴格認真，而他則奉行「無為而治」，營造一個讓員工可以憑藉努力獲得成功的公司環境，他不會給員工太多建議，允許員工發揮所長。施永青讓員工自由發揮並獲得成就感的管理模式，受到年輕一代的員工推崇，所以他得到員工們的擁護，他的合夥人經常說：「施永青，你專門讓我做醜人，你就做好人，員工肯定支持你。」施永青坦言，他沒有不讓合夥人做好人，是合夥人自己選擇做醜人。他認為公司一定要有一套管理哲學，這樣才能建立好公司的文化，從而培養更多傑出的員工，如果靠老闆自己監督著，步步緊逼，這樣是無法管理很多人的。他運用適合自己公司的管理文化，輕鬆地管理好很多員工，令中原可以發展到如今的規模。他後期發展其他的生意時，也借鑒了「無為而治」的管理哲學。

引領香港地產代理業的更新和轉變

中原地產在運作上和很多層面上，引領香港的地產代理公司做了轉變。首先，中原是專業做地產代理的，在中原地產成立之前，大部分地產代理公司表面上做地產代理，實際上在做房產炒賣，以地產代理為名，接到一些好盤，自己「吃掉」之後，再放出以賺取差價。

施永青在北角的首間中原地產分行，坐櫃面做前線工作。

1981 年，施永青在辦公室工作，運用「戰略上以一對十，戰術上以十對一」的策略，逐漸將公司擴張到全香港。

而中原地產只是提供服務，收取傭金，不會去炒賣以賺差價，因此和客戶之間的矛盾少，業主放盤的時候，員工會幫業主在市場上尋找出價最高的買家。而其他地產代理在業主放盤之後，會先衡量能否從中賺錢，或者有客人希望買房子，但有便宜的房源也不介紹，只介紹老闆下命令要賣出的那些房子，這樣就會和客戶之間產生矛盾了。

其次，施永青也提升了市場的透明度，將所有成交價放上互聯網，讓每個人都可以查得到，哪個業主放了甚麼盤，不只聽經紀人介紹，也可以自己上中原的網站去查。買家的出價可以通過成交案例來瞭解清楚，業主知道了最新樓價便容易定價。施永青指，以前成交案例都是由地產經紀掌握，並只會選擇性地告訴買賣雙方，而他希望將選擇權放回客戶手中，而不是由地產經紀操控，這能讓客戶做出更明智且有利自己的決定。此外，施永青發明了中原城市指數，統計每星期的樓盤成交價和整個市場的變化，讓市民知道市場價是在上升還是在下跌。中原城市指數每星期發表一次，他希望以此讓大家對市場瞭解更透徹，把握樓市的走勢。

取之於民，用之於民

中原地產能夠得到市場的認同，消費者也樂於使用中原的服務，施永青慶幸自己的事業對社會有價值。公司越做越大，服務範圍越來

2006年，施永青參與了香港中華廠商聯合會經濟論壇，探討經濟環境對樓市的影響。

越廣，從最初專做愉景灣，到逐漸覆蓋了整個香港、新界和九龍，之後又將業務擴展至內地，在內地有一段時間也做得相當成功，施永青在訪問時這樣說：

> 大江南北，最北發展到哈爾濱，西邊的成都、重慶、西安都覆蓋了，南邊的話發展到了海南島。我慶幸自己的管理模式有競爭力，能夠在市場上賺到錢，養得了眾多員工。高峰期我有六萬名員工，他們一年的傭金收入，超過了 100 億。從幾千元做起的生意，可以成長到這麼大的規模，也顯示了這套營運模式是有一定成效的。

施永青將賺到的錢和公司股份，放在一個慈善基金中，公司收益所產生的股息不會派給他，而是派給慈善基金，用以做慈善事業。他一直協助解決中國內地農民的貧窮問題、農業落後的問題等。近年，因為內地政府在農村做好了脫貧致富的工作，農村現已改善進步了很多，所以施永青分配了一些資金回到香港，增進老年和青年的福祉。同時他也在世界各地做慈善，例如救災、解決難民問題、推進醫療健康等。在內地和香港的慈善工作，由施永青的基金自己選擇項目去做，而在其他地區的慈善項目，由於他沒有很多人力可以派過去，所以選擇資助 NGO（非政府組織）。

2007年，正值香港回歸祖國十週年，施永青身體力行參與「茶馬古道．走向西藏」籌款活動，用實際行動幫助貧困山區的困難兒童，使他們能重返校園。

2009年，施永青在雲南考察他的慈善項目。

香港樓市的興旺取決於利息、經濟環境和人口增長

在特區政府宣佈樓市「撤辣」後，香港樓市出現了強烈的反彈，一手市場的交投多了將近十倍，二手市場有三四倍，由於交投旺盛，地產發展商就趁機把貨尾都賣了，又開建新的盤，樓市一片興旺，這種情況是源於以前的積累。在撤辣前，很多人想投資地產，但因需要繳納很高的印花稅而卻步，現在印花稅降低了，買家便踴躍購買。這批買家完成置業和投資之後，要等新的買家出現，這時市場的交投會放緩。

這次撤辣得益的主要是內地人，因為以前內地人在香港買樓，要支付 30% 的印花稅，很多人沒有辦法參與。現在買樓首期只有 10% 或者 20%，所以撤辣之後，大家都成功購入房產。然而，現今依然存在一個問題——來香港買樓的內地人不是沒有錢，而是沒有港幣，因為人民幣有外匯管制。即便特區政府對內地買家說：「快來買吧，現在不收你們的印花稅了」，但是他們依舊買不了，因為無法將資金調來香港。內地買家在內地的工作收入是人民幣，香港銀行會因為他們沒有港幣收入，不能為他們做按揭。施永青認為，如果能允許來香港買樓的內地人將境內人民幣換成境外人民幣，撤辣後的樓市會更繁榮。因此，現在內地買家需要一些時間，有些是「螞蟻搬家式」慢慢將資金搬到香港。

2023 年，施永青在香港海南商會分享他為香港地產代理業帶來的變革。

除了調動資金的難易程度會影響市民是否買樓，銀行的利息高低和整個經濟環境的好壞也會影響樓市。2024年的年初時，大家覺得美國很快會減息，但是直到如今還沒開始。不確定到第三個季度末會否減息，如果利息不減，供樓就會辛苦一些。此外，租金回報的吸引力也沒有那麼強了，大家如果把錢放在銀行，利息有四釐、五釐，收租卻只有兩釐、三釐的回報，便沒有人想買樓收租了。只有利息降低時，大家才有興趣買樓收租，經濟回暖也會促進樓市的繁榮。

施永青指，近年因為中美摩擦，美國刻意打壓中國，中國的電動車、鋰電池、太陽能板做得出色，美國就收中國的關稅。中國的出口已經越來越好，如果能維持出口的競爭力，即便美國加稅或不購買，中國也可以將產品賣到「一帶一路」。如果中國的出口額持續增長，香港就可以繼續發展轉口貿易和物流。有貿易，就需要做外匯、買保險，這也會促進香港金融業的繁盛。經濟好，香港人的入息上升，就會有更多人有能力買樓。如果中國經濟能擺脫下行的壓力，香港的樓市會繼續興旺。撤辣時香港的樓市反彈了一輪，現在恢復平靜，之後樓市的走勢就取決於利息的走向和實體經濟的情況了。

人口增長是促進樓市繁榮的關鍵，沒有人口增長，即便建了樓也沒有人住。現在香港的新一代生育意願不強，施永青覺得這沒關係，因為香港可以招攬全世界的人才過來。香港需要全世界的精英，齊心協力促進香港的繁榮發展，如果能吸引更多人才來港定居，香港的樓市也會恢復以往的興旺。

期望香港人的收入不斷提升，收入多了就可以負擔得起買樓，如果都失業，樓市在裁員和減薪潮下是不會好的，所以經濟和樓市息息相關。在商業樓宇方面，商業活動增多，企業才會請人擴充業務，才會需要辦公室。零售業發達，商舖也會請更多員工、租更多店舖，這樣商業地產才會興旺。

香港樓市現在並不急切要恢復以前的興旺，因為過去樓市有過度炒賣的情況，最近幾年在政策下，香港樓市已無炒賣，現在要先穩住樓市，有正常的、剛需的買賣，市場才能進一步發展。現在真正要自用的人也不敢買樓，而選擇去租樓，施永青認為這不是一個健康的現象。因此，現在要穩住樓價，讓大家對樓市多些信心，這樣有利經濟發展。相反，如果人人都想套現、賣樓，樓價進一步下降，就會出現通貨緊縮，香港人的資產也會隨之而蒸發，樓價蒸發之後，信貸的能力也會下降，社會的資金就會不足，到時可能市民的消費能力和投資能力都會受到影響。施永青坦言：「現在不是攻的時候，是要守。守得住，才能有下一階段的進攻，所以現在不要將目標定得太高。」

提高香港樓市的透明度利益市民

施永青近年積極推動地產行業電子化，期望房地產市場的業主和買家都得益。樓市的透明度至關重要，施永青指他剛去內地發展時，由於市場透明度低，導致銀行不願意做按揭。因為銀行做按揭，是把貸款人的房子當作抵押擔保品，如果貸款人之後沒有能力供樓，銀行需要知道這個房子能否賣出去，能賣多少錢，這樣銀行才願意借款，所以樓市的透明度高，能夠讓整個商業運作順利進行。

買家如果在買樓時不瞭解市場，物業值多少錢沒有數據可以參考，是買家的一個難題，所以一定要提供更多信息給買家。地產和股票及其他商品不同，沒有這麼「標準化」，例如買滙豐銀行的股票，這一股「滙豐」和那一股「滙豐」的價格一樣，然而房子的價格各異，同樣在太古城，向海的單位、向工廠的單位和對著石壁的單位價格都不同。因此，房地產市場需要公開資訊，做到透明度高，買家才能夠安心參與。施永青期望造就一個透明度高的市場，令買家容易入市，知道自己出甚麼價，銀行願意做按揭，之後脫手也容易。他認為現在有的地方市場不透明，令買家不敢輕易下手，所以他在互聯網上建立平台，讓樓市信息公開，買賣雙方都容易查詢。

寄語青年人勤奮上進

施永青笑言，自己剛開始工作時是走投無路，被迫去創業的。現在香港人的條件太好了，很多上一代都積累了財產留給子女。他年輕時根本不可以「躺平」，沒工作的話就只能「手停口停」（不工作就沒飯吃），因為爸爸要養活一家人，錢不夠用。他年輕時是「騎牛找馬」，甚麼工作都先去做，但現在很多年輕人躲在房間，玩手機就荒廢了一天，他對此是有擔憂的，覺得可能他們花光了上一代人積累下來的「老本」，才會找到出路：

> 一個家族剛開始發展的時候，第一代人是做 business person（生意人），第二代人做 playboy（花花公子），第三代人做 beggar（乞丐），可能直到做了「乞丐」以後，才會有機會繼續發展，因為要衰落到底才會努力上進的。事物總是走向自己的反面，當事情壞到極點的時候，才會變好。

施永青認為，當到了一個相對困難的環境，就會有多一些人覺醒，知道只有發憤努力、奮鬥拚搏才有前途，才能闖出一片新天地。

結語

地產是香港的支柱產業之一，施永青作為香港地產界的傳奇人物，將一間創業初期只有兩個人的小公司，發展成龍頭地產代理商，是獅子山精神的最佳寫照。記得《獅子山下》的名句：「人生不免崎嶇，難以絕無掛慮。……理想一起去追，同舟人，誓相隨，無畏更無懼。」香港這座城市充滿機遇，又有國家做後盾，大家只要善用香港的優勢和機遇，努力奮鬥，就能創造屬於自己的事業成就，譜寫一個又一個獅子山精神的勵志故事，寫下不朽香江名句。

施永青（左）和作者（右）分享他自強不息、同舟共濟的獅子山精神。

作為從香港到內地研究傳媒行業的第一人，馮應謙引領著香港中文大學新聞與傳播學院，培養傑出的傳媒人才貢獻業界。

Chapter 8

第八章

馮應謙

香港的媒體機構與高等院校合作共贏

「我覺得香港很特別，雖然只是一個小城市，但是我們擁有幾所世界排名 100 以內的大學。從研究的角度看，香港可能有比較領先的概念，媒體學院跟產業的關係很密切，老師的研究貼近傳媒的需要解決問題，學生學習的內容是行業最領先的概念。」

引言

馮應謙的父祖輩是上海人，在上海法租界長大，之後因為戰亂，舉家移居到香港。他在香港出生，童年在香港度過，長大後他就讀於香港華仁書院，受到良好的教育，在一個中產家庭中成長。他家是比較傳統的上海人家庭，他笑言小時候不知道為甚麼吃的早餐都是上海人吃的鹹豆漿和粢飯，放假時也會去上海餐廳吃飯，他以前並沒有上海家庭這種概念，原來他跟其他人的家庭不一樣。馮應謙從年少時已經開始尋找他在內地的根，去過洛陽、華山、西安等中原地區旅行。他的親戚們都在中國南方生活，逢年過節馮應謙一家會買很多東西，回到內地住一個星期左右，和內地的親人分享。

1992年時，馮應謙去美國留學，畢業時剛好是1997年，他回港慶祝香港回歸祖國的時候，機緣巧合在香港找到第一份教職。2001年，他到香港中文大學新聞與傳播學院任職，2011年成為了該學院的院長。因為對國家的文化有很大的興趣和認同，在2000年時，他決定到內地做傳媒研究。當時從來沒有一個香港人去內地做傳媒研究，即便在內地學界，訪問媒體機構以做傳媒研究的也很少，因為當時還沒有傳媒研究的概念。當他在北京做傳媒研究的時候，訪問了國家很多重要的媒體機構，包括中央電視台和中央人民廣播電台等。

馮應謙和不少受訪者成為了朋友，受訪者都說他是第一個研究和關心他們的學者。因此，他做了很多很早期的媒體研究，包括媒體的影響力、節目的製作形式、媒體的創新方法和運營能力等，把一些可出版的內容寫進他的著作中。馮應謙自謙並不覺得自己出類拔萃，他只是做中國媒體研究比較早：

> 當時沒有學者意識到自己的國家是一塊寶藏，學者們當時研究的都是海外傳媒，我就決定研究國家媒體的創新和變革。我觀察發現，中國媒體的發展和國家改革開放的步伐一致。

國家的文化政策在不斷進步，馮應謙研究娛樂媒體和流行文化，包括流行音樂、動畫、電視劇、遊戲等，見證了國家文化創意產業的發展，現在文化創意產業佔我國 GDP（國內生產總值）的比例越來越大。

從香港到內地研究傳媒行業的第一人

1997年，馮應謙回到香港時，香港城市大學剛升格成為大學，城大問他能不能留下來幫他們創建一個新的學系，是做媒體的，所以馮應謙便留在香港了。之後，香港中文大學也問他能不能來幫忙，連面試都不用，他就去了中大做研究。馮應謙坦言最初自己沒有想過留下來發展，但他去了北京做研究以後，覺得世界的研究中心應該在中國，因此他再也沒有去美國工作，他認為中國的發展很好，想親身見證國家的發展。

從2000年開始，內地媒體引進了很多新的商業模式，吸收了全球的文化，同時中國也有自己的文化價值，中國和西方的文化慢慢融合，媒體發展的速度越來越快。在這樣的環境下，馮應謙除了做內地的媒體研究外，也開始接觸很多國際公司，探索國際媒體和文化公司在中國的發展歷史，例如外國的流行音樂進入中國市場之後如何發展，國外的電視台如何與國內的電視台合作等。馮應謙坦言自己可能是第一個研究當時媒體發展環境的學者，一個人做研究很困難，剛好有一個從武漢來香港的博士生，從內地去英國利物浦讀碩士之後來到香港，成為了他的研究助理。這位研究助理是武漢非常有名的DJ（唱片騎師），和北京的很多媒體都有聯繫，令他之後的研究變得很順利。助理幫他聯繫北京的媒體機構，向對方介紹馮應謙是香港中文大學新聞傳播學院的教授，希望做傳媒的研究。兩

1996 年，馮應謙曾在美國明尼蘇達大學留學，之後回流香港，畢業時剛好是 1997 年，他回港慶祝香港回歸祖國，同時開始了研究傳媒和教學生涯。

人自此合作了多年，在內地做了很多採訪，這位學生也在香港中文大學取得博士學位，最近他們再次合作，在國家社科基金的支持下回到香港，把香港的國家文化遺產用錄像記錄下來。

持續推動馮應謙做中國傳媒研究的動力，是因為他想更瞭解國家。馮應謙坦言，多年前很多做研究的同事從外國回來，在同事眼中，他做的研究工作很另類，但現在不同以往了。他舉例指，以前若研究電視劇，較多人會研究港劇和美劇，較少人想到內地的文化娛樂產業，因此，當時經常有同事問他，為甚麼經常在內地工作，做中國的文化及傳媒研究？馮應謙覺得其他人的想法不同沒關係，他想趁年輕，做自己想做的事，去認識自己的國家，把中國文化產業的發展介紹給西方的學術界。

2018 年，馮應謙在北京做字節跳動的研究，當時大多數人未認識 TikTok（抖音），有一次他從北京回港後，同事問他做甚麼研究，他說做抖音的研究，同事問他甚麼是抖音？馮應謙起初去內地做研究的原因，是因為當時中國還未建立自己的文化理論，而西方學者經常用西方的概念來詮釋中國文化的現象，作為中國人，他決意去糾正這些思想。當還未有人理解國家的文化產業時，他第一個到內地做傳媒研究，在他眼中，這是寶貴的機遇，也因此獲得很多成就感。

馮應謙主持 2016 騰訊網媒體高峰論壇，探討智媒業態的升級和文娛產業格局的重塑。

2008 年，馮應謙（前排左三）在北京教授中國傳媒大學的傳媒暑期班。

好多年前，在大部分香港人還不瞭解文化創意產業的時候，馮應謙已經做了很多這方面的研究，寫了政策建議，和政府官員交談，當時對方也不明白，但當時談到的所有內容，現在都已變成了現實。他覺得自己能夠很早理解傳媒行業的發展，第一個把握先機，為國家付出，為自己留一個紀念，是他人生最有意義的篇章。馮應謙表示，1997 年香港回歸祖國早期，很少有香港人能夠到內地工作，到內地工作的人都是高管人才，其中從事傳媒業的少之又少，因為內地媒體基本上不會聘請香港的人才，所以很少有香港人瞭解祖國在媒體和創意產業上的發展。

馮應謙經常在北京的中國傳媒大學任教，中國傳媒大學是最早培養電視台傳媒人的大學，他在中國傳媒大學認識了很多在內地做媒體的人。從 2016 年起，他在北京師範大學當特聘教授，至今已經任教了八年的時間，透過學校的平台、人脈網絡和畢業生，與不同的媒體和平台公司交流合作。

香港傳媒專業的畢業生直接能在最重要的傳媒機構中實習工作

馮應謙覺得香港很特別，雖然只是一個小城市，但是我們擁有幾所世界排名 100 以內的大學。從研究的角度看，香港可能有比較領先的概念，媒體學院跟產業的關係很密切，老師的研究貼近傳媒的需要解決問題，學生學習的內容是行業最領先的概念。反觀美國大學的傳媒課程與行業並沒有太多的互動，美國傳媒學系的畢業生也很少能夠在 BBC 或 CNN 等電視台工作。

本港的媒體機構和院校的關係則非常密切，經常有畢業生在某個新聞媒體中工作，作為香港中文大學新聞與傳播學院的教授，能找到這些畢業生的機率更高，如果教授希望做行業的訪問，基本上畢業生都能幫忙做研究。馮應謙的同事每年做媒體的問卷調查，都是通過他們在不同媒體中的人脈去完成，這在西方的媒體行業是不可能做到的。

不論在香港還是內地，媒體和教育界都多有配合，產生協同效應，令院校教授能及時瞭解媒體的需求，然後按需求調整教學內容。馮應謙以北京師範大學為例，他在該校的數字媒體系任教，培養學生的數字媒體能力，並訓練學生的藝術創作思維，教學內容包括動漫、遊戲、視頻、社交網絡等。由於教學的內容完全匹配了媒體的需求，因此大部分畢業生都入職了騰訊、字節跳動、百度等企業。

我國的媒體機構和高等院校緊密合作，馮應謙能夠在北京直接聯繫到行業最頂尖的人士，他舉例指，近年有很多 AR（擴增實境）、VR（虛擬實境）和 XR（延展實境）的技術，學校無法很快得到這種資源，但傳媒機構主動開放資源和硬件給學校使用，並安排員工教學生怎麼做，學生能夠邊學習邊做。在外國則很不同，傳媒機構會視之為商業機密。香港和內地的媒體機構與高等院校之間相輔相成、互幫互助，幫助學生具備卓越的實戰能力，學生畢業後也進入該媒體機構工作，形成了共贏的合作關係。

香港有最好的理念，國家有最大的市場

香港媒體的危機感比較大，競爭激烈，做媒體較困難，而且香港市場很小，利潤低。馮應謙覺得問題源於傳媒業界還沒有調整策略和心態，所以在短時間內，香港媒體依然面臨挑戰。香港背靠國家龐大的市場，有很多機遇，傳媒界要用新的理念去發展。香港用的語言也是中文，這是先天優勢，最近的香港電視劇《新聞女王》就是在內地市場中成功的案例。全國十幾億的觀眾欣賞香港的電視劇出品，有了收益以後，就能再發展其他內容，機遇一直都有，只需好好把握。

香港是中國最早做網絡遊戲的地方，以前內地沒有網絡遊戲。馮應謙認為，香港最多的網絡遊戲是賽馬比賽，很有香港特色，這是一個很好的概念，但香港並沒有把這個概念發揮得淋漓盡致。後來網絡遊戲在內地蓬勃發展，騰訊變成了全世界最大的遊戲公司。因此，能夠為一個好概念，找一個大市場去發展，是成功的關鍵所在。

2023 年，馮應謙（左一）和他的博士畢業生合照，畢業生來自中國傳媒大學和北京師範大學。

在浙江師範大學的會議上，馮應謙以李宇春《少年中國》專輯的 CD 和 DVD MV（音樂影片）為例，探討中國流行文化的發展趨勢。

吸引來自內地和國際的人才

中國文化和西方文化碰撞會促使一些新的理念誕生，所以香港除了要吸引內地的人才，同時也要吸引國際的人才。馮應謙認為，外國人在香港定居對香港的發展有益，因為人才能幫助香港發展興旺。香港本身的制度容許中西融合的發展，香港海納百川的形象也能夠吸引更多優秀的人才。香港要讓海外人才覺得香港方方面面都很好，只要他們有能力，香港的機構樂於吸納他們，鼓勵他們留在香港發展事業。

結語

馮應謙「敢為天下先」的人生經歷啟發我們，成功往往源自天時、地利、人和。香港有很多機遇，希望大家都能珍惜和把握。馮應謙回憶道，當時他在北京遇到來自香港的高管，他們都發展得很好，因為他們是第一批把先進運營管理的理念帶到北京的。

在國際關係影響下，國家雖然在經濟上面臨壓力，香港的經濟也不如預期中恢復得那麼快，但依然應保持樂觀。香港經歷過很多，例如香港在八十年代中英會談時，經濟也面臨困境，但不久之後，香港人憑藉自己的奮鬥拚搏，迎來了另一個高峰。1997 年香港回歸以後，香港也很快克服了金融風暴。

經濟的發展具有週期性，經歷低谷之後，一定會再邁向成功。香港能夠融入國家的發展中是機遇，因為在現今的經濟發展週期中，中國會發展得越來越好，香港人如果能把握好機遇，香港的經濟就會發展得更繁榮，尤其香港現在對國家的瞭解越來越多，很多港人都到內地，實現自身的更大發展。

郭曉芝（右一）致力於增進兩地的教育人才交流，經常帶年輕一代的教育工作者到內地實習。

Chapter 9

第九章

郭曉芝

香港的德育培養是作育英才之本

「德育和價值觀比知識更為重要，老師在塑造學生的品格和價值觀方面扮演至關重要的角色，因為科技無法取代人心。我希望為學生提供豐富的德育土壤，讓他們茁壯成長為堅壯的大樹。」

引言

郭曉芝從小就立志成為一名教師，在她小時候，由於媽媽有很多兄弟姐妹，她有十幾個表弟表妹，每週末都會來她家玩。郭曉芝從幼兒園開始，就會拿出一個黑板，讓表弟表妹們在黑板前面坐得整整齊齊，然後教他們自己這星期學的 ABC 或者 123。那時候她的姨媽們就在笑：「你這麼小就開始做老師了！」

郭曉芝回憶道，她的姨姨有一對雙胞胎女兒，樣子長得非常相像。在雙胞胎很小的時候，姨姨就來找郭曉芝的媽媽聊天，因為媽媽有四個小朋友，所以想讓她分享一下如何成為更好的家長、父母。姨姨覺得雖然自己的兩個女兒長得很像，但是性格卻很不一樣。當郭曉芝聽到姨姨和媽媽在聊天的時候，就對姨姨說：「姨姨，我可以跟你聊兩句嗎？」這時候姨姨感到非常驚訝：一個小孩子，要跟她說些甚麼呢？然後她們開了一個家庭會議，郭曉芝向姨姨分析了兩個小朋友雖然樣子很像，但是性格和學習方式有甚麼不一樣。姨姨非常驚訝，因為只聊了半個小時，年幼的郭曉芝就已經準確地說出了兩個孩子的特質、她們各有甚麼優點和缺點。姨姨對她說：「你的使命就是做一個老師。」長大後，郭曉芝去了美國讀書，畢業後的工作都是關於幼兒教育。她在上海當過教師以後，決定回到香港，因為香港是她的家，她希望能在家鄉大展鴻圖，於是開辦了「奧恩國際幼兒園暨幼稚園」和「Acorn Playhouse」，以履行她培養幼兒良好品格的熱情和使命。

成功基於良好的性格、為人誠信和正直

中國人古話有云：「三歲定八十」，一個人的品質如何，很大程度是取決於零至六歲的黃金時期，這個時期的成長環境和教育，對個人的發展至關重要。在幼兒時期養成的良好品德和生活習慣，將會有益孩子的一生。郭曉芝非常喜歡小朋友，她可以很耐心地聆聽小朋友的需要，依據小朋友各自的特點加以培養。不少家長們都說：「對於小朋友來說，最重要的是贏在起跑線」，她們著重培養小朋友的特長，但往往只關注小朋友在智育上的發展，而忽略了孩子的德育。

郭曉芝的父母從小就和她說，一個成功的人，要有三個特質：Character（性格）、Honesty（誠信）和 Integrity（正直），所以她深信零至六歲是教育的黃金期。品格教育可以培養小朋友的良好習慣、社交能力、情商和批判性思維，讓他們能夠應對複雜的環境和社會，為終身學習打下基礎，成為郭曉芝心目中的「人生贏家」。郭曉芝的學生回來「探親」時常會分享，從她身上學到的知識和技巧，即使到了三、四年級依然非常有用，包括如何控制自己的負面情緒，以及如何正確地表達情緒，郭曉芝以能夠傳授給學生一生受用的知識和技巧為榮。

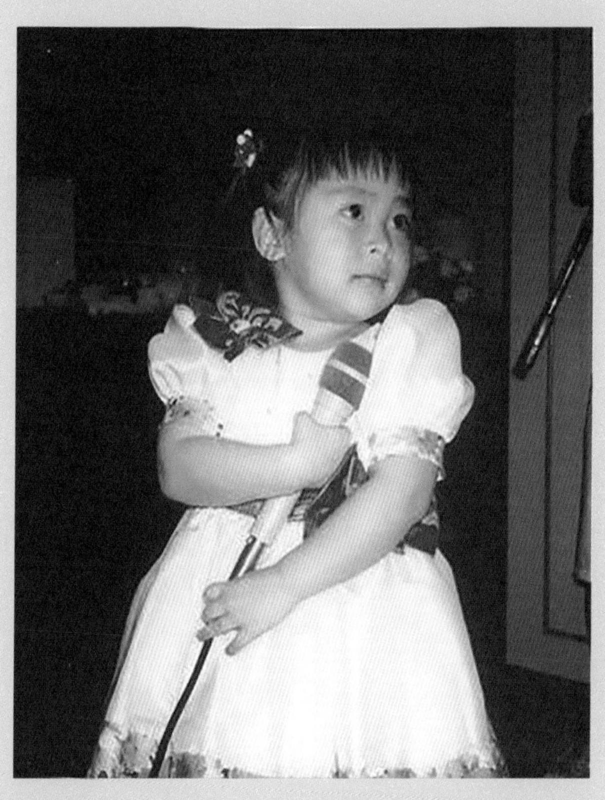

郭曉芝從三歲起就已經燃點了她的教師夢，並且一直堅持至今。

德育培養對於零至六歲的孩子至關重要

郭曉芝從小就堅信自己的人生使命是投身教育行業，她在三歲時已經確立了這個夢想，並且一直向著這個目標發展。她在當老師的時候遇到了一件事，令她開始注重孩子的德育發展，當時有一個小朋友，他的學業成績非常好，有一天放學時，小朋友突然對郭曉芝說：「我不想穿鞋子了，你滾過來幫我穿鞋吧。」那一刻她很震驚，不明白為甚麼一個三歲的小朋友可以說出這種話，從那時起她就很堅決地相信，德育培養對於零至六歲的孩子至關重要。

郭曉芝感謝家人的支持，讓她能夠全心全意地投身教育，她笑言：「我三歲時說想做教育，四歲時也說想做教育，到十八歲時還是說想做教育。我父母也明白我對教育是真的非常有熱忱的，這是我畢生的願望。」因此，她的家人從來沒有問過她要不要繼承家族生意，而是默默地支持她實現自己的理想。

香港擁有國際化的教育資源和中華文明的智慧與美德

香港是一座國際化的大都市，在香港發展教育事業，可以享有得天獨厚的國際化教育資源，幫助學生發展國際化的視野。在香港，像郭曉芝這樣在外國讀書，但選擇回來教書的專業人士數不勝數，很多學校都和「奧恩」一樣，聘請本港說英文或中文的專業老師任教。

郭曉芝（左一）近年積極探索人工智能在教育上的應用，參與相關的研討會。

透過耳濡目染的方式，讓小朋友在國際化的教育環境中成長，培養他們更廣闊的人生視野，給予他們更良好的品格塑造機會。同時，香港地處大灣區，背靠祖國，可以和祖國的教育成果互鑒融合。香港在語言、文化和習俗方面，都屬於傳統中華文化的分支，在香港上學的學生能夠傳承到中華文明的智慧和美德。

大灣區近年蓬勃發展，尤其在科技和教育等方面，香港作為大灣區的一部分，能夠優先共享先進科技和教育的發展成果，將其融入到教學的過程中，促進學生的全面發展。郭曉芝認為，人工智能可以幫助老師定製個性化的課程，由於每個學生的需求和能力都不同，人工智能能夠幫助老師因材施教。例如在幼兒園，老師會教小朋友認識 1 到 10，但班上有一個 ADHD（注意力不足過動症）的小朋友，或者有一個言語發展遲緩的孩子，老師可以通過人工智能諮詢相關建議，研究是否有其他的教學方法可以教導這些有特別需求的小朋友，然後根據老師自己的經驗去定製個性化的課程。然而，人工智能永遠無法代替老師，尤其是幼稚園的老師，因為在零至六歲的黃金期，老師在塑造學生的品格和價值觀方面扮演著至關重要的角色，技術始終無法取代人心。

「望子成龍」需要「聖靈果子」

郭曉芝在美國完成學業之後，曾在上海和香港任職教師，她覺得香港在育兒配套上有獨特的優勢。她認為美國的父母強調小朋友的獨立性，他們會和小朋友說：「你畢業之後，父母就不會在經濟上給予支持了。」所以她的一些美國朋友在高中的時候，就已經開始從事課外的工作。而中國的文化裡存在「望子成龍」的觀念，所以上海和香港的家長都非常注重小朋友的教育和學業上的成就，郭曉芝記得每位家長來她的學校參觀時都會問：「你們的學生畢業後會去哪間小學呢？你們的教學模式是怎樣的呢？」她會和這些家長說：

> 我們很注重品格教育，每個月老師和家長會一起積極參與「聖靈果子」的活動，運用「聖靈果子」的九個特質來奠定孩子的道德價值觀，讓學生將「仁愛、喜樂、和平、忍耐、仁慈、善良、忠信、溫柔及節制」運用在課堂上和日常生活中。老師和家長互相配合，培養小朋友的良好品格。

上海和香港的家長都覺得很難在工作和家庭中取得平衡，對於很多需要工作的父母來說，如何花時間陪伴孩子成長是一個挑戰，長時間的工作和壓力令他們很難兼顧孩子的需求。郭曉芝期望透過開辦「Acorn Playhouse」為現代的父母提供解決方案，她在幼兒教育中心裡，為孩子父母提供了共享工作空間（co-working space）。

郭曉芝（前排中）感恩遇到一班與她自己有相同的教育理念、願景以及熱誠的人。

郭曉芝認為帶領教育團隊適應社會的變遷也非常重要，她每個月為老師提供不同的培訓，包括音樂、德育、情緒管理、社交發展、語言和體育等，關護老師的身心健康和就業穩定性，讓老師能夠提升專業的教學水準。

攜手內地，科教興國

香港擁有五所世界排名前一百位的頂尖大學，包括香港大學、香港中文大學等，這在其他城市中很少見。香港特區政府非常重視教育事業的發展，2023年的行政長官施政報告中指出，要推動香港教育更高質量的發展，為年輕一代創造更多機會，以「科教興國」作為未來香港教育發展的新方向。

郭曉芝覺得可以透過這兩方面培養更多的教育人才：第一，體驗中國文化。近年來，香港教育局以及很多教育機構都為老師和小朋友提供免費的中國內地之旅和考察，讓他們可以深入瞭解祖國悠久的歷史和文化，分享雙方的優勢和經驗，共同提升教育水平。這些文化交流能夠拓寬參與者的視野，有助他們更深入地瞭解自己的優勢，並改進自身的不足之處，正如古語所云：「知己知彼，百戰百勝。」郭曉芝認為加強香港和內地的交流對於培育教育人才，有著非常重要的作用。第二，吸引更多畢業生進入教育行業。香港特區政府有擴大獎學金的計劃，向「政府獎學基金」額外注資了十億元，增加了「一帶一路獎學金」，以及「香港博士研究生獎學金計劃」的名額，以吸引更多傑出人才來香港就學及進行研究。

近年香港的出生率維持在全球最低水平，要吸引香港的年輕一代生育，需要社會多方面的支持。郭曉芝認為一定要確保學校不會因為學生數量不足而關閉，她希望私立幼稚園也能得到政府的支持，包括教師培訓、成立家長教師會等。她以奧恩為例，也因為出生率下降，經營得非常辛苦，政府的資助可以確保不同類型的教育機構可以存活，給家長更多選擇。香港特區政府利於家庭的政策，例如「新生幼兒獎勵金」和房屋委員會的「家有初生優先配屋計劃」，也能夠幫助年輕家庭應對育兒費用以及教育開支的負擔。

郭曉芝經常到內地各大城市考察取經，掌握內地的最新發展。

郭曉芝（右二）樂於分享自己在教育、家庭、營商等多個範疇的見解，期望推動香港的幼兒教育更上一層樓。

結語

香港如果可以善用大灣區的教育資源，繼續加強與內地的交流合作，對於提升香港的教育水平和培養具國際視野的未來人才，都會產生重要的影響。這些措施需要政府、教育機構以及社會各方面的合作和努力，共同推動，香港才能培養更多優秀的教育人才，提高教育體系的質量，以及可持續發展的能力。

作者（右）贊同郭曉芝（左）注重小朋友的德育培養，以傳承中華文化的智慧和美德。

跋——為甚麼我們要攜手說好中國故事，說好香港故事？

《我愛香港——憑優勢開啟無限可能》見證了九位香港名家在不同的領域奮鬥拚搏，寫下自己傳奇的一頁。他們的人生智慧，以及送給所有人的寄語，希望你和我都從中有所感悟、有所啟發，從而大有得益。儘管他們成就非凡，但都非常樸實謙虛，這種待人接物的品質，值得人家學習。他們有很多引人入勝的生命歷程，其緊隨時代變動，折射出歷史車輪前進的軌跡。

我認為，與香港關鍵領域中的領軍人物攜手說好中國故事，說好香港故事的重要意義和必要性，主要集中在以下五個層面：

一、從香港精英開拓事業的經歷中，可以拼接出香港社會進步的藍圖，呈現出香港人在中國近代史上的貢獻，見證了國家的繁榮發展，參與了中華民族的偉大復興。他們寶貴的成功之道，並非很多人能夠輕易地學到，或是坐言起行地實踐，因而有必要將其以文字記錄下來，有助於促進香港社會和經濟的發展。為此，我全力以赴，希望為後世留下點滴精粹，豐盛歷史的篇章。

二、透過探討香港行政、科技創新、演藝、文化、地產、教育界等關鍵領域的優勢和機遇，增強世人對香港作為一個理想生活和工作地點的信心，激發大家對香港的熱愛。香港是很多人才的首選地，因為香港有天然的優勢，包括城市的便利性、生活的宜居性，以及多元的文化背景。來自全球各地的人才在香港生活會感到非常方便，有利於他們發展事業，貢獻香港。

三、向人才展示回流香港的多項益處，鼓勵他們回到香港，在國家和香港的發展中，實現自己的更大發展。社會的進步靠人才驅動，人才回流能促進香港的繁榮興盛，因為既能保留這些舊有人才，又能吸引來新的人才。香港不僅要提供優越的工作機遇，還要提升香港這座城市整體的吸引力。如果香港能舉辦更多世界級的文藝和體育盛事，並且多元化發展金融、創新科技和文化產業，也能吸引更多人才來港。

四、吸引內地與海外的人才和投資者來港，振興香港經濟。香港特區行政長官李家超先生曾說：「從來沒有一個城市像香港這樣既具備中國的特色，又有全球的優勢。」吸引人才很重要的一點是包容、寬容和尊重。讓世界頂尖的科研人才知道香港有好的政策、能夠找到資金、有優秀的團隊支持，他們在創業時就會首先考慮來香港發展。香港除了有健全的法制外，在香港進行融資也很容易，如果早期集資基金比較匱乏，可以在香港補全，發展到後期也不會缺乏資金，這有利於香港吸引全球的人才落戶。

五、香港已經成功融入國家發展大局，我們期望繼續深化香港及內地交流合作，促進文化融合。在內地電影市場開放的早期，香港優秀的電影導演、創作者和製片人「北上」，在北京創作出了《臥虎藏龍》和《十月圍城》這樣好的電影故事。由於香港優秀的電影人才加入，才讓內地的電影市場被激活，真正的、全面的走向市場化、商業化。在今天大灣區需要內地的資金和人才的時候，阿里影業「南下」，帶著內地龐大的市場和優秀的團隊，與香港本土的人才合作，振興香港電影，在全球提升香港的影響力。

國家和香港正在邁向更美好幸福的路上，我選用了溫暖勵志的真人實例，用樸素真誠的語言用心說好中國故事，說好香港故事。期望香港、內地與海外的讀者和觀眾朋友看到現在國家和香港發展得這麼好、這麼快，如果覺得書和節目看得有共鳴、有感動或者有好奇的話，鼓勵大家把讀萬卷書與行萬里路結合起來，深入認識香港和國家的發展大勢，親身到香港和祖國各地，感受歷史文化，瞭解現實國情，多交流，多交朋友。

我非常感恩可以有機會作為一道橋樑，促進香港與內地之間互相瞭解，可以寫作和拍攝一些大家喜歡看、感動人心、讓大家有共鳴感的著作和節目。當你為他人帶來快樂和幸福，快樂和幸福也會在你自己的生活中呈現。感謝洛卓尼瑪仁波切鼓勵我將正能量帶給社會和身邊的人，感謝堪布達華和阿尼蔣秋卓瑪啟迪我以至誠善心奉獻於祖國和香港，不遺餘力。

我愛香港

憑優勢開啟無限可能

鄧蓓佳 著

責任編輯　寧礎鋒
書籍設計　Kaceyellow

出　版
三聯書店（香港）有限公司
香港北角英皇道四九九號北角工業大廈二十樓
Joint Publishing (H.K.) Co., Ltd.
20/F., North Point Industrial Building,
499 King's Road, North Point, Hong Kong

香港發行
香港聯合書刊物流有限公司
香港新界荃灣德士古道二二〇至二四八號十六樓

印　刷
美雅印刷製本有限公司
香港九龍觀塘榮業街六號四樓 A 室

版　次
二〇二四年七月香港第一版第一次印刷

規　格
大三十二開（140mm × 210mm）一八四面

國際書號
ISBN 978-962-04-5486-8

三聯書店
http://jointpublishing.com

JPBooks.Plus
http://jpbooks.plus